雏学集

唐豪◎著

南方日报出版社
NANFANG DAILY PRESS
中国·广州

图书在版编目（CIP）数据

雏学集 / 唐豪著. — 广州 ： 南方日报出版社, 2014.4
ISBN 978-7-5491-0921-0

Ⅰ. ①雏… Ⅱ. ①唐… Ⅲ. ①随笔—作品集—中国—当代 Ⅳ. ①I267.1

中国版本图书馆 CIP 数据核字(2014)第 048500 号

雏学集 唐豪 著

出版发行：南方日报出版社
地　　址：广州市广州大道中 289 号
电　　话：（020）83000502
经　　销：全国新华书店
印　　刷：广东信源彩色印务有限公司
开　　本：787mm×1092 mm　1/32
印　　张：5.375
字　　数：100 千字
版　　次：2014 年 5 月第 1 版
印　　次：2014 年 5 月第 1 次印刷
定　　价：38.00 元

投稿热线：（020）83000503　读者热线：（020）83000502

网址：http://www.nfdailypress.com/

发现印装质量问题，影响阅读，请与承印厂联系调换

序

蒋述卓

读了唐豪同志的《雏学集》，很有感触。从他的作品中，我看到了一位热爱生活、追求理想、情感真挚的作者，听到了作者少年时代的心声、学生花样年华时的追求、朝气四射青年时的思考。可以说，《雏学集》是作者学习、工作、生活中最深刻的、难忘的、美好的一部分的记录与思索。

《雏学集》是作者不同时期在报纸杂志发表的部分作品的汇集，共20多篇，包括诗歌、散文、随笔、报告文学、文艺评论等，在某些侧面展现了作者成长的足迹。这些作品，有对生活的思考，有对社会现象的批判，有对亲情的流露，有对乡情的眷恋。作品用朴实的笔触，叙说着心中的爱憎。早在1972年作者便发表了诗歌，体现出了那个时代的时代特色和心中壮志；1978年发表的报告文学《要消灭一切害人虫》记叙了大量生动鲜活的往事，既是赞扬科技工作者正直无私、勇于实践、敢于坚持真理的大无畏精神，也是对过去那个年代“扣帽子”“打棍子”的批判。在古诗古文赏析和《崇高的爱情》《春融残雪》等电影短评中，作者对人和事的评判，把人物性格分析与时代精神结合起来，既挖掘了作品的深度，也给读者以细赏作品的引导。

作者生在农村，长在农村，热爱农村，对农村、农民怀有深厚的感情。《雏学集》随处可见作者对农村、对农民的热爱与称赞。散文《春雨的歌》赞扬了像春雨一般“默默无语”地勤劳耕耘，唤来“人间春色”的农民；儿歌《葵花向阳》深情地歌颂了农民“拾粪”“种田”的高尚，体现了作者对农民、对农村生活的亲近感。作为农民的儿子，那个年代能上大学是多么荣幸的事，因此，作者在校勤奋努力，学业优秀，而对母校、对老师、对同学也怀有深厚的感情，诗歌《康乐园情怀》寄托着他对母校温情的回忆；《烨烨师光耀学林》回忆了恩师吴宏聪教授的二三事，对恩师的缅怀之情跃然纸上。这些都是作者对师长、对母校的纯朴情感的流露，是源于生命深处对真善美的向往。

作者是一位一丝不苟地学习和工作的人，对文字十分讲究，追求严谨。《雏学集》描绘生活原汁原味，字句简洁通俗，语言淡然有味。如《〈窦娥冤〉中的两个细节》《谈“笑”》两篇随笔，观察细致入微、用词简练、描写入木三分。《端午猎德村》则用粤语写就，借描述端午赛龙舟，歌咏“城中村”改造的巨变。《雏学集》中的不少文章，如《深山小札》类的小散文和一批文艺评论与鉴赏文章，不仅具有浓厚的文化传承，而且隽永深逸，耐人寻味。

二〇一四年二月于广州

（作者系暨南大学党委书记、副校长、教授，广东省作家协会主席）

目　录

拾稻穗

（儿歌）

红旗飘，歌儿脆，

红小兵，拾稻穗；

一粒谷子一颗弹，

美帝苏修狗头碎！

顶烈日，汗浃背，
心儿坚，不怕累；
歌声越响劲越大，
志在解放全人类。

（原载《湛江报》1972 年 11 月 18 日）

葵花向阳

（儿歌三首）

拾粪

星期天，清早起，
我为队里拾粪肥。

绕山岗，转村西，
拾到满满两粪箕。

社员看到伸拇指：
“真是毛主席的好孩子。”

我擦擦汗咧嘴笑：
“雷锋叔叔活在我心里。”

站岗

红缨枪，肩上扛，
我和叔叔来站岗。

学叔叔，志如钢，
火红的心儿向着党。

叔叔来问我：
“为何跟我来站岗？”

我眼睛一睁把话讲：
“保卫祖国理应当。”

试验田

学校边，青一片，
挂着“红小兵试验田”。

秧苗嫩，秧苗壮，
要为革命作贡献。

勤除草，快施肥，
灭害虫，学经验。
流下汗水一串串，
我和贫下中农心相连。

（原载《湛江文艺》1974 年第 1 期）

康乐园情怀

在那美丽的珠江边，
有个神奇的康乐园，
我在那里吸取成长的乳汁，
那里的一草一木令我眷恋。

在那多情的珠江边，
有个神圣的康乐园，
那里有我尊敬的慈母，
是她们的辛劳哺育了我的今天。

在那浪漫的珠江边，
有个奋发的康乐园，
那里有我亲密的兄弟姐妹，

我们相互勉励一直到永远。

啊，伟大的康乐园，
成就辉煌在年年——
您是祖国富强的摇篮，
您是中华振兴的智慧泉！

（原载中山大学中文系《继往开来八十年》，2004 年 11 月）

新春游石门有感

云雾山下碧水悠，
小桥流水未尽头，
斑斓五彩黄红紫，
莫非已到九寨沟？

这边香雪引人潮，
那边玉柱迎云流，
更有婆娑参天树，
石门意境别样好。

注：2009 年农历正月初二，到广州从化石门国家森林公园一游，有感而作。当天上午有雾、湿冷，晌午有风、放晴。

赞南方网

南方网誉耀南天，
描铸辉煌每一年；
区域合作建伟业，
泛珠发展风景线。

（2012 年 12 月 22 日，广州，读欧阳农跃诗有感而作）

祭祖记

三江六岸雾沉沉，
皇嶂狮岭欲断魂。
惊醒天公泪雨注，
更赐阳光照唐人。

（2013 年 3 月 30 日，化州）

注：三江，指鉴江、罗江、凌江，当天上午大雾锁江，下午雷雨后阳光普照；皇嶂，指凌江岸的六皇嶂；狮岭，指罗江岸的狮子岭。华侨常称中国为唐山、中国人为唐人。

端午猎德村

（粤语诗）

万众接踵霸两岸，
猎德河上龙船忙。
鞭炮鼓声旌旗展，
端午画卷记沧桑。

昔日乡村变城市，
传古色香睇祠堂。
新老市民共挥桨，
众志成城战珠江。

（2013 年端午节，广州）

春雨的歌

最近，我出差来到珠江三角洲一个小村子，住在大队三楼的“客房”里。

第二天清早，我从床上爬起来，顺手拉开窗帘——哟！细细的春雨不知不觉地飘了一夜，把广袤无垠的田野染上了一片盎然的春意。

“丝缫细雨沾衣润，刀剪良苗出水齐。”我凝视着窗外的一切，深深地吸了一口凉凉的空气，情不自禁地吟起来。

“嗬！你倒吟起雨来了呀?”我的同事老黄一边穿衣服，一边笑着对我说。

“我喜欢雨”，我很干脆地回答他。

是的！我喜欢雨，喜欢观雨，喜欢颂雨。我曾歌颂过“野桥经雨断，涧水向田分”的“迅雷”，又欣赏过“帘外雨潺潺”的梅雨；我既赞美那“潇潇暮雨洒江天”的世界，也贪婪那“东边日出西边雨”的胜境。因为这些各具性格的雨呀，都令我有过不同的联想。然而，我更为喜爱的，却是这眼前的春雨。

春雨，她是如此的轻柔，像……像什么呢？有人说，她像一位巧手的仙女，辛勤地

织呀，织呀，很快就为辽阔的大地织成了一件崭新的春衣；也有人说，她像一位慈祥的母亲，轻轻地洒下了甘甜的乳汁，给万物浇注了旺盛的生机。顿时，池塘边的柳树吐出了嫩芽，蛰伏在泥土中、山洞里、树缝间的各种冬眠昆虫，开始神气起来了。接着，山茶、樱花、桃花、蔷薇、海棠也会陆陆续续地绽出鲜艳的花朵……我有位在农科所工作的朋友曾告诉我：春雨来临之时，你把种子放在湿润的土壤里，几天之后你将看到从种子中露出幼茎和幼根，根向下而茎向上。禾本科幼苗的茎是光秃秃的，既没有叶，也没有芽。你能看到一个保护用的胚芽鞘，幼苗的叶子卷在鞘内，使之能够从粗糙的土粒中伸展出来，真是好看极了。因此，我这位朋友神秘地对我说，春雨来了，他就好像听到了泥土中的种子在吱吱地动，就犹如看到了大地的花儿在含羞地笑。是呀！当人们“尽日寻春不见春”的时候，春雨就会拉开透明的纱幕，把一个清新可爱的世界带到你的面前。她的伟大，就在于她用旧世界的尘埃换来了新世界的清新，恢复了生活本身的绚丽，启迪了人们的智慧和希望……

唐代大诗人杜甫，曾写过一首《春夜喜雨》，其中有曰：“好雨知时节，当春乃发生。随风潜入夜，润物细无声。”杜甫不但推崇春天“好雨”，更是赞美春雨那“无声”的品格。可不是吗？春雨往往是夜里悄悄地来到人间，不声不响地用自己的生命肥沃土地，滋润万物，她为人们做了天大的好事却不愿声张，一旦那精灵的小鸟“喳喳”地为她唱起赞歌的时候，她又早已含羞地偷偷离去，毫无“争春”之意，这更是春雨难能可贵之处。

一阵清脆的笑声打断我的遐想。我手扶窗框，凝眸远望，啊，天放晴了，远处沙田出现了扶犁的大伯，送肥的壮汉，播种的小伙，驾驶拖拉机的姑娘，真是春雨催人人催春啊！勤劳的农民，又开始了他们的繁忙。人家都说，他们是翩然飞舞于花丛中辛勤酿蜜的蜜蜂，是吐丝作茧至死方休的春蚕。然而我却觉得：他们多像唤来人间春色而默默无语的春雨。

（原载《广州日报》1981 年 3 月 31 日）

深山小札

山　泉

我伴着它走，它伴着我流。有时，它像少女，轻歌曼舞而来；有时，它像骏马，撒蹄奔腾而去……

啊！它甩掉了泥沙，抛掉了杂质，越流越清，越流越纯——纯得可以解渴，清得可

以照人。它蔑视道途的艰辛，冲破重峦叠嶂，越过九曲十八拐，不停地前进。

瀑　布

我面对它遐想，它面对我歌唱。有的，势如奔雷走电的飞虹；有的，状如珠玑喷洒的玉帘；有的，或如月笼轻纱一样柔美，或似白鹭争飞一样抖腾……

啊！它用锲而不舍的精神，汇集了无数

涓涓细流，丰富自己，为大自然创造了姿态万千的奇观；它用自我献身的精神，凌空飞跃，悬崖俯冲，用自己的生命，绽开了簇簇灿烂的银花，奏出了阵阵高昂的战歌，换来了令人神往的胜景。

（原载《广州日报》1982 年 8 月 20 日）

难忘的一天

天气，比早几天冷了很多，还有微微的北风。我不但穿上了毛线衣，还加了一件运动服。

我住在省府大院内的单身宿舍，洗脸之后，我便向饭堂走去，准备吃早餐。我的左手插在裤袋里，右手拿着饭盆，拇指将匙子紧紧地压在盆槽里。快到转弯的地方了，碰到了骑单车迎面而来的小刘。

“小唐，你今天陪伍处长到中大吧？”小刘说。

“不是你去吗？”

“昨天下午决定你去嘛！我要搞分配

计划。”

“好，好。”

我的天啊！我去中大？我这样想，因为我的口袋里没钱了，抽屉里也只有五分钱。

吃完早饭，我一口气跑到办公室，想向小刘借钱。如果没带钱，要处长买车票，多不好意思呀。办公室里只有小刘一个人，可他正在打电话。我等了好一会儿，真是有点不耐烦了，于是匆忙地从抽屉里取出一张便条，挥动钢笔在便条上写着：“有钱否？借几角。”写好后即拿到小刘面前给他看。

小刘一边听电话，一边看着便条。

“今天几号了？”他问。

“八号了，明天就发工资了。”我回答说。

“是呀，到这个时候都变穷了。”

“就是。”

“要多少?”他边说边从口袋里掏出几张一角一角的票子。

“就这四角够啦。”我拿上四张票子说。因为我盘算过：到中大九分，往返一角八，两人三角六。

我和伍处长走出省府大门，横过两条街道口，来到了广卫路 14 路公共汽车站。在这里候车的人已经很多了。他们当中，有的正在轻声细语地谈论着什么，有的在互相开怀地谈笑。一个年近三十的妇女，宽大的背带跨过她的肩膀，小宝宝抱挂在她的胸前。她的左手挽着小宝宝的小脖子，右手不停地拍着小宝宝的小屁股。乐滋滋的眼睛，盯着小宝宝的小眼球，不停地向小宝宝点头，逗着他。更多的人不时地看看手表，不时地伸出头来，探望一下车是否来了，脸上露出焦躁的情绪。

人，还从总站四周的街道陆续而来，候车的人越来越多。他们开始是站在骑楼底，后来，站到了慢车道，现在，开始站到快车道了。

“唉，广州坐车真难。”一位穿着整齐的中年男子操着普通话。

“我睇依家司机休息啰。”旁边一位妇女用广州方言说着。

我看看表，时针指着八，分针落在五。我对伍处长说：“真倒霉，汽车司机现在可能在赤岗总站休息了。”

“是呀，我们来得迟了些。”伍处长说。

又过了十五分钟。

“来了，是14路，还是拖卡车。”我按了按自己的眼镜，对伍处长说，“一定要上这一趟车，否则，不知等到什么时候。”

“好。”

车开过来了，几个“后生仔”分别抢先抓住了前门、中门和后门。“后生仔”的一只脚踏在车上，一只脚悬空，随车而过。

车还未停住，门还未开，人群就蜂拥而来了。吆喝声、叫喊声、辱骂声和车厢里的脚踏声，乱成一片。真有点像沉船，乘客们都拼命要挤出船舱一样。

我和伍处长也挤在人群之中。我极力地挤动着，我要想办法让伍处长先上车，他毕竟年纪大了呀。

啊，伍处长马上就要涌上车了，马上……唉！他被挤出来了，因为一个“浪头”来了。

我一边极力推开这些“野蛮”的人，一边说：“伍处长，快上车！”

啊，伍处长眼看就要上车了，就要……唉！他又被挤下来了，因为又一个“浪头”来了。

我一边用肩膀去顶住那些可怕的“浪头”，一边说：“伍处长，抓住车门。”

我和伍处长终于上了车。此刻，车厢里只有几个人站着。座位，包括“老弱病残”的优待座位，都坐满了年轻的、神气十足的人们。有两个年轻人，正为一个座位在那里争吵着。车门前，还在挤着、闹着。

伍处长的左手抓住头顶上的木杆，他的嘴紧紧地闭着，眼里一点神采也没有，样子真有点可怜。他正在打量自己的外套。啊！我猛然发现，他的一个纽扣不见了，他正在寻找呢，他的脚跟不动，只是用眼睛扫看。可是，哪里能找得到纽扣呢？

车开动了。车门前那地方，还是挤得水泄不通，我走到车中间，觉得人不算多。

我向车窗外望出去，啊，我的天啊，还有那么多人没上车呀。他们都用那巴巴的目光，送着汽车出站。这时，我突然看到了那个抱着小宝宝的妇女。她站在总站车牌的旁边，眼神是那样的呆滞，也不向小宝宝点头了，也不拍小宝宝的小屁股了……

今天，是难忘的一天。

（1981 年 1 月 8 日，日记）

《窦娥冤》中的两个细节

关汉卿的杂剧，在我国文学史和戏曲史上，占有相当重要的地位。这不仅是因为关剧具有很强的思想性，也是因为关剧具有很高的艺术性。著名杂剧《窦娥冤》就是一例。

翻开《窦娥冤》第一折，我们可以看到这样两个细节：其一，当张驴儿同其父不知羞耻，撞入蔡家至“做拜科”时，窦娥“做不礼科”，愤怒地说：“兀那厮，靠后!”其二，当张驴儿“做嘴脸科”，耍流氓，硬扯窦娥拜堂时，窦娥手一甩，将张驴儿“推跌”在地，然后高歌一句扬长而下。

鲁迅先生说："细看一雕阑一画础，虽然细小，所得却更为分明，再以此推及全体，感受遂愈加切实。"窦娥的这"一言""一推"，经过剧作家的精心雕刻和安排，成为剧中两个重要的细节。它对塑造主人公窦娥的形象、深化主题，起了相当重要的作用。

窦娥愤怒的"一言"，作者将它安排在蔡婆先进屋去与窦娥商议而未成之后、张驴儿父子刚入屋见面之时。这不但使主人公的性格发展很合情理，而且突出了正旦立场的坚定性。由于张驴儿父子的威逼，蔡婆出于无奈，回家来想劝说媳妇，遭到了窦娥的极力反对。蔡婆想答应招孛老做丈夫，窦娥讽刺说："枉教人笑破口。"蔡婆劝说窦娥招女婿，窦娥坚定地说："婆婆，你要招你自招，我并然不要女婿。"这些，展示了主人公对张驴儿父子的侧面斗争，并为下一步窦娥愤怒的“一言”打下了思想基础，很符合主人公性格发展的逻辑。当窦娥与张驴儿父子锋芒对峙时，其怒火就迸发出来了：“兀那厮，靠后！”人物的性格发展，引起了戏剧的矛盾冲突。通过这一矛盾冲突，更突出了人物的性格特征。这一声怒斥，铿锵有力，情感强烈，突出了主人公的凛然不可侵犯。这一反抗形象，第一次出现在读者和观众的面前。窦娥有力的“一推”，作者把它安排在“一言”之后。对方进一步逼来，窦娥作更坚决的反抗。其性格发展，双方人物纠缠，刻画得惟妙惟肖。从结构上看，“一言”为“一推”立下了牢固的基石，“一推”又是“一言”的必然结果。人物性格，步步发展，层层深入。张驴儿的形象更丑恶，窦娥的形象更完美。从艺术上看，这“一推”的效果比骂一声更为有力，它突出了主人公内心的愤怒和反抗，可以启发读者和观众的想象和联想，使内容更丰富，也更深刻，使主人公的反抗性格放射出闪闪光芒。连张驴儿也不得不惊讶道："便是黄花女儿……也不消这等使性。"这两个细节，作者在歌颂窦娥的反抗精神的同时，更揭露了张驴儿的无赖和可耻。尽管是短暂的场面，却紧扣读者心弦，把人们的心情带到戏剧情节的典型环境之中，同主人公分享愤怒和痛快。

细节是血肉，情节是骨骼。这"一言"

和“一推”两个细节，前后连接，为戏剧情节的发展打下了坚实基础。关汉卿把它置于《窦娥冤》第一折的后半部分，即全剧主要矛盾爆发之时，这对于《窦娥冤》全剧来说，是有铺垫作用的。它不但推动了全剧情节的发展，同时也为第二折窦娥理直气壮要“官休”的反抗性格的发展开辟了广阔的前景。这“一言”“一推”对逼婚的反抗，使张驴儿不得不大耍阴谋，结果药死老子，导致剧情渐渐推向悲剧高潮，也一步步地使主人公的形象更为丰满。人命案发生后，窦娥胸襟坦然，毫不惶恐，当张驴儿威逼她要“官休”还是要“私休”时，她就无所畏惧地“见官去”。这两个细节，更为第三折全剧的高潮（也是主人公反抗性格发展的高峰）作了有力的铺垫。正是由于这“一言”怒斥的反抗基础，才使窦娥经得起“一杖下，一道血，一层皮”，“肉都飞，血淋漓”的非人的严刑拷打；也正是由于这“一推”的不屈精神，才使窦娥在临刑时发出了三项誓愿，又在第四折大声疾呼：“……把金牌势剑从头摆，将滥官污吏都杀坏，与天子分忧，万民除害。”这表现了不屈的反抗精神，从而出色地完成了一个代表劳动人民的优秀品质和英勇反抗的高贵形象。

一部优秀剧本，剧作家要精心提炼好细节。因为典型性格的塑造，人物思想的揭示，都是由一系列的细节刻画来完成的。只有情节是由精确的、富有艺术魅力的细节所构成的时候，才能表现出活生生的人物形象，才能充分开展戏剧的矛盾冲突。《窦娥冤》这两个细节，就是一个很好的例证。

（原载中山大学《红豆》杂志1979年第3期）

谈“笑”

近来在广州文艺编辑部实习，读了部分小说来稿，尤其是关于爱情描写方面的来稿，看到了不少女主人公的“笑”。例如，“她扭捏着身体，莞尔而笑”，“她的眼睛闪了闪，微微一笑”，还有“嫣然一笑”“亲昵地笑”，等等。

每当我看到这些“笑”，总希望能把自己引进作品的艺术境界之中，同主人公分享那快乐和幸福，但是，这样的机会却很少。相反，看到这些“笑”，总有一种不好受的滋味，甚至会感到唐突和别扭。例如有一来稿，作者赋予女主人公李玉贞的性格是“刚强、泼辣、原则性很强”，然而作者又写“她见了人总是亲昵地笑着”，再接下去，写她的笑就更多了。有一次，一名男社员损坏了集体的财产，玉贞面对着他，“莞尔而笑”，却又没有提出什么批评，真是莫名其妙。又有一篇，女主人公华芳被一干部侮辱，她拼命反抗。这时她的未婚夫赶到，那干部跑了，未婚夫问她：“怎么啦?”于是她“嫣然一笑”“扑到了他的怀里”。

不难看出，这些“笑”之所以写得不成功，主要原因是作者不从生活实际出发，不是从主人公的性格、特定的场面去写她们的“笑”，而是由作者主观任意安插，或者一味地进行简单模仿。

读着这些笑，我不禁想起了曹雪芹笔下的“笑”来。《红楼梦》第四十回，当刘姥姥高声说“老刘、老刘，食量大似牛，吃个老母猪不抬头”后，大家都笑了。对这时的“笑”，曹雪芹是这样写的：“众人先是发怔，后来一听，上上下下都哈哈的大笑起来。史湘云掌不住，一口饭都喷了出来。林黛玉笑岔了气，伏着桌子嗳呦。宝玉早滚到贾母怀里，贾母笑的搂着宝玉叫‘心肝’。王夫人笑的用手指着凤姐儿，只说不出话来。薛姨妈也掌不住，口里茶喷了探春一裙子。探春手里的饭碗都合在迎春身上。惜春离了坐位，拉着她奶姆，叫揉一揉肠子。地下的无一个不弯腰屈背，也有躲出去蹲着笑去的，也有忍着笑上来替她姐妹换衣裳的。”

这些“笑”，曹雪芹决不是凭主观臆想“乱来”的。相反，是独具匠心地表现了不同人物的性格，是符合“大观园”这一特定环境的。史湘云大大咧咧，洒脱奔放，笑得最早，饭都喷出来了；林黛玉娇弱多病，一

笑狠了就“嗳呦”；贾宝玉被贾母娇惯，一笑就向贾母怀里滚。贾母的“慈心”、王夫人的木讷、探春的爽快、惜春的娇柔，都表现得淋漓尽致，恰到好处。

前面所举的例子，在这里真是相形更见其绌：李玉贞既然“刚强、泼辣、原则性很强”，按理说平时比较严肃，对于错误的东西更是毫不客气。可为什么见了损害集体财产的人却“莞尔而笑”，而不批评呢？况且，从作品里也看不出李玉贞和那社员有任何别的关系。再说华芳，一个年轻的姑娘，受到了人家的侮辱（她极力反抗），在这样的情况下见到了自己的爱人，应该是痛哭和控诉，怎么会“嫣然一笑”呢？

其实，所谓“莞尔而笑”“微微一笑”“嫣然一笑”“亲昵地笑”等，都是一种笑。如果写得符合人物的性格和特定的环境，寓意都好，自无不可。但如果篇篇如此，自然就会兴味索然了。因为生活是丰富多彩的，“笑”也是千姿百态的。曹雪芹笔下的“笑”就是一个例证。这就要求我们的作者认真深入生活，在自己的作品里，以得心应手的艺术功笔，展示出丰富多彩的生活画卷。曹雪芹通过贾母的口这样说过：总是“一套子”，是“最没趣儿”的。

（原载《广州文艺》1980 年第 4 期）

乘风直上银河畔

一首优秀的诗作，它应该以优美动人的画面，使读者身临其境，浮想联翩，明代著名文学家杨升庵（1488—1559）的小令《驻马听·和王舜卿舟行之咏》即是一例。小令是元、明时盛行的新体诗歌。杨升庵此曲是“和”朋友王舜卿的舟行曲子的。其诗曰：

明月中天，照见长江万里船。月光如水，江水无波，色与天连。垂杨两岸净无烟，沙禽几处惊相唤。

丝缆停牵，乘风直上银河畔。

诗人与友人月夜江上行舟，触景生情，

描绘了月夜江上行舟的幽美景象。

你看：明亮的月球悬挂在高高的天际，皎洁的月色，映出了万里长江江面上大大小小的船只。接着，诗人描绘了江面月色的美丽情景：月光皎洁得犹如江面的水，而江水又平静得似天空，就像那澄碧的世界，被镀上一层亮银，极目远望，水色天光，连成一片。再读下去则是：两岸垂杨，清晰可见，没有丝毫雾霭之感；这月光实在是太明亮了，以至有好几处宿在滩边的水鸟都惊醒了，啼叫起来。此时此地，人们感到宇宙之无穷，人生之渺小。因此，当停止了拉纤，诗人就如乘着长风，把船驶入了太空银河似的。

这首“无形画”，确使人置身画中胜境。前五句，诗人采用传统的白描手法，寥寥数笔，便涂绘了一幅令人神往的江面夜景，可见诗人功笔之稳厚。第一、二句，平地崛起，开门见山，立即给读者开拓了一个广阔、幽美的天地。第三、四、五句，虽则词句朴素无艳，然而意境清新绮丽。那月色照临江水、水光辉映月色，眼前天宽地广的情景，真叫人心旷神怡。然而，前五句的幽美，诗人更通过第六、七句的描写深化了。诗中既写了“垂杨”，又写了“沙禽”，垂杨无烟，沙禽相唤；“无烟”用“净”，“相唤”置“惊”；“净”是“两岸”，“惊”有

“几处”。这些含蓄的刻绘，实在妙哉：一显月色更明，一教江面更静。诗人进入了如诗如画的境地：身在长江边，犹上银河畔，这是毫不足怪的了。

（原载《广州日报》1981 年 2 月 24 日）

清新朴素　情真意挚

明月别枝惊鹊，清风半夜鸣蝉。稻花香里说丰年，听取蛙声一片。

七八个星天外，两三点雨山前。旧时茅店社林边，路转溪桥忽见。

这是辛弃疾（1140—1207）词《西江月·夜行黄沙道中》。此词记录了作者在乡村沿途所见景色和感受。

上半段的四句说的是在皎洁的月色下，快活的鹊儿在枝头惊飞不定。夜风徐徐吹拂，从远处送来了一阵阵的蝉鸣。田野里稻花飘香，一片喧叫不已的蛙声，正在预告着丰收的年景呢。这四句创造了很美的意境，

每句都有声音，更衬托出半夜的悄静。这样一种风味反映在夜行人的感觉里，充分表达了词人兴奋愉快的心情。

下半段，前两句仍在写夜行的农村景色。“七八个星天外，两三点雨山前”，高远的天边闪烁着几颗星星，点点疏雨已开始洒落在山前小径。这山前疏雨，对于夜行人来说，是多么轻快，然而轻快中又带些焦急，因为毕竟不能在雨中久行。因此，词人用最后两句，把自己从焦急到“忽见”那惊喜的心情表现出来了。因为走过溪桥，转弯就是社林边从前歇过的茅店。此时此境，使读者心情也轻快不已。

辛弃疾用朴素清新的笔调，描绘了乡村的美好夜景。在手法上，前六句写景物，后两句方见其人，而在景物的描写中无不包含着作者的自我感情。鹊儿的惊飞，蝉虫的鸣叫，青蛙的喧嚣，使词的上半段呈现了和谐的音乐美；下半段“七八个”星、“两三点”雨，几个简单的数字，在作者笔下，却描绘出如画般幽美的意境。以这样平易的语言，写出了如此情真意挚的诗篇，正是作者热爱生活，抒臆深远的体现。

（原载《广州日报》1981年10月20日）

《核舟记》中细致传神的描绘方法

《核舟记》是明朝末年的散文作家魏学洢的一篇说明文。它通过对一条用桃核雕成的小舟所作的细致描写，生动地反映并赞颂了我国古代民间雕刻艺术的高超水平以及劳动人民卓越的艺术才能。

一篇好的说明文之所以能够强烈地吸引读者，打动读者的心灵，很重要的一个原因，在于它能够把自己的描写对象，如客观情景、人物形象、物体状貌等等，都予以具体生动的描绘，使之历历浮现在读者的面前。在这方面，《核舟记》是值得我们好好研究、学习的。

在《核舟记》中，作者一开头便写道“明有奇巧人曰王叔远”，不但“能以径寸之木，为宫室、器皿、人物，以至鸟兽、木石，罔不因势象形”，而且能使之“各具情态”。这寥寥数语，就简练地概括了雕刻家的高超技艺。

紧接着，作者就集中笔墨对核舟进行了细致入微的描绘。在文章的第二段里，他从核舟的大小、形状写到了复杂的构造：小舟从头到尾大约有八分多长，两粒黄米这么高，中间有宽敞明亮的船舱，船舱上面又盖着刻出来的船篷，旁边开着小窗，左右各四扇，一共有八扇。再看下去，更为惊喜：“启窗而观，雕栏相望焉。闭之，则右刻‘山高月小，水落石出’；左刻‘清风徐来，水波不兴’，石青糁之。”至此，核舟的全貌及刻工之精细，已给读者留下了深刻的印象。

《核舟记》不仅对小舟上的物体作了细致的描绘，而且对小舟上的人物也进行了逼真的描摹。这后一点，尤为可贵。且看作者在第三段对苏东坡等泛游赤壁的情景所作的详尽而又传神的描写：

> 船头坐三人，中峨冠而多髯者为东坡，佛印居右，鲁直居左。苏、黄共阅一手卷，东坡右手执卷端，左手抚鲁直背。鲁直左手执卷末，右手指卷，如有所语。东坡现右足，鲁直现左足，各微侧，其两膝相比者，各隐卷底衣褶中。佛印绝类弥勒，袒胸露乳，矫首昂视，神情与苏、黄不属。卧右膝，诎右臂支船，而竖其左膝，左臂挂念珠倚之——珠可历历数也。

这一段共写了核舟上的三个人物，一个

是苏东坡，还有两位是苏东坡的朋友黄鲁直和佛印。苏东坡是中心人物，他居中，鲁直和佛印在他左右两侧。东坡戴着高帽，两颊上很多胡子，他和黄鲁直在一起看着一卷书画横幅。东坡右手拿着画幅的一头，左手抚着鲁直的脊背。鲁直左手拿着画的另一头，右手指着画幅，好像在谈论着什么似的。这里，作者以东坡为主，鲁直为次，用对称的手法，两笔齐下，既写出了“东坡右手执卷端，左手抚鲁直背”的形态，又绘出了“鲁直左手执卷末，右手指卷，如有所语”的表情。然而作者并不就此止笔，而是继续描绘：东坡露出右脚，鲁直露出左脚，身子都略微倾侧着，他们另外两只膝盖靠在一起，隐藏在画幅下边的衣服折纹中。通过这种细致的人物情态描摹，苏、黄二人观赏手卷，沉迷于书画之中，几乎忘了外界一切的闲适心情，跃然纸上。作者描写了东坡和鲁直之后，接着就写佛印。由于佛印是个和尚，身份不同，所以“与苏、黄不属”。作者刻画他的外表很像弥勒佛，敞开胸襟，露出两个乳头，“矫首昂视”，超然物外，具有不同于苏东坡的那种洒脱不拘的“出家人”风韵。

至于小舟尾的两个舟子（渔夫），作者也描写得很生动。作者先写右边一个“椎髻”，可见他没有戴帽，写他右手攀右趾，足见没有穿鞋。而且这个船夫“仰面”也不

同于佛印“矫首”，他的眼睛正视前方，放声呼啸，所以面仰。而在左边的另一个船夫，则是一手执扇，一手摸炉，不声不响，全神贯注于茶壶，神态安宁，专心地听着茶声。我们读到这里，好像感到呼啸声和茶沸声一样。总之，《核舟记》对那用一枚桃核雕刻而成的小舟及船上五个人物的不同神态的刻画，真是栩栩如生，令人一读难忘。

作者最后还来个统计，说明核舟共刻有多少人，多少物，多少字，“而计其长曾不盈寸。盖简桃核修狭者为之”。原来刻有这么多人和物的小舟，长度还不满一寸，是挑选桃核当中狭长形的一段来雕刻成的。这样一统计，一总结，就突出了王叔远雕刻技艺的高超灵怪。作者还以自己的惊叹作结，实际上也成了读者看完这篇文章后的感受：“嘻，技亦灵怪矣哉！”

《核舟记》的描写，还在“形似”的基础上达到了“神似”。这核舟不是孤立、静止的，而是荡漾在“山高月小”“水波不兴”的赤壁山水之中。读完全文，读者不但看到了有形的核舟上的一切，而且好像还看到了核舟以外的天地。这种细致而又传神的描写方法，收到了以少胜多，言有尽而意无穷的效果。

（原载《南方日报通讯》1979 年第 3 期，与裘汉康老师合写）

虽非曲调　胜似曲调

——《陈情表》赏析

古今中外，大凡优秀的文章、作品，都倾注着作者异常真挚的感情。没有感情，也就写不出真正的好文章。作者只有被一种强烈的感情所驱使，才能写出打动人心的好文章来，使读者或为之悲痛，伤心掉泪，或为之欢乐，兴奋不已，或为之心潮翻滚，思绪万千。这方面，古人有很多成功的经验可资借鉴，李密的《陈情表》就是突出的一例。

李密（224—287），字令伯，西晋时期人，曾任蜀汉尚书郎。蜀亡后，晋武帝召他为太子洗马。他上了这篇《陈情表》，陈述自己的身世，说明他不能赴召的原因。全文只有五百多字，但是词意婉转凄恻，言辞恳切动人。晋武帝看后，为之感动，不但没有要他马上就职，而且赐给他奴婢两人，使郡县供养他的祖母。李密这种以情动人的写作技巧，值得我们认真分析借鉴。

文章一开头，李密用凄恻的言语，陈述了自己的不幸遭遇和悲惨身世，说明他与祖母“相依为命”，很难分离。原来，李密刚出生六个月，父亲就去世了；到他四岁那年，舅父把他母亲再嫁了出去。是他的祖母，怜恤他孤苦体弱，亲自把他抚养成人。所以作者深有体会，如此伶仃孤苦，如无祖母，哪有自己的今日呢？接着作者又说：自己既无叔伯，又少兄弟，门庭衰微，福祚浅薄，很迟才有儿子。外没有什么近族，内没有照应门户的人，只有祖孙形影相伴。而且祖母疾病缠身，经常卧床不起，得由他送汤煎药，真是“祖母无臣，无以终余年”呀。这里，陈述之中体现了无限的悲痛苦楚，说明之间包含着深厚的祖孙之情，动人心弦，让人怜恤。

然后，文章转入第二段，正式表明不能赴召任职。但也不是直接就讲，而是首先抒发感恩戴德的心情，自己蒙受晋朝清明的政治教化，过去地方官考察到自己孝顺祖母、品行廉洁，推荐自己出来任职，只是因为考虑到没有人来供养祖母，所以才推辞了，不久前又蒙受新职，叫自己侍奉太子，真是非杀身不能图报。然后作者才写到面对着“诏书切峻，责臣逋慢。郡县逼迫，催臣上道。州司临门，急于星火”的景况，真是左右为难：“臣欲奉诏奔驰，则以刘病日笃，欲苟顺私情，则告诉不许。臣之进退，实为狼

狈。”作者还是在婉曲地“陈情”。

但是，作者的“陈情”并不就此而止，而是步步深入，层层加深。接着又从朝廷非常哀怜老人的情况，讲到自己家境“特为尤甚”：祖母刘氏好像日薄西山，气息奄奄，临近死亡。正是在这样的情况下，“祖孙两人，更相为命，是以区区，不能废远”。到此李密更加婉转深情地对晋武帝说：我李密今年四十四岁，而祖母今年已九十六岁了，我替陛下做事、为朝廷服务的日子还很长，而报答祖母养育之恩的日子却很短了。乌鸟尚能反哺于母，我有乌鸟之情，也希望求得终养祖母啊！这些陈述，婉曲、悲恻、动人，尽管它并非曲调，但胜似曲调，大有“未成曲调先有情”之势。

李密是已亡蜀汉的旧臣，他恐怕晋武帝发生误会，认为他矜守名节，不肯到晋朝廷任职，所以他在文章中特别委婉曲折地说明了这一点。这些陈述，也是相当动人的。作者激动地说：今日，我是亡国的旧臣，那是非常卑微丑陋的，但却蒙晋朝君主的格外提拔，对待我非常优宠，仍命我做官，真是皇恩深厚，岂敢迟留不进，有立名节之望呢？只不过是祖母病危没有人照顾啊。最后，他恳切地希望晋武帝同情悯恤他的愚诚，理解他的心意，使他的祖母“卒保余年”。如果是这样的话，作者发誓说：

“生当陨首，死当结草。”一定要把全部生命献给晋武帝。此时之情，达到了全文的高峰。

白居易说：“感人心者，莫先于情。”事实证明：感情是打开读者心灵之窗的钥匙。威猛的大虫，也爱怜自己的小虎；人非草木，孰能无情？《陈情表》之所以感人至深，连晋武帝也为之感动，是因为它充满了“情”。他的词意笔调，充满了凄恻动人之情；他对祖母，表现了无限的“乌鸟私情”；他对晋武帝，表示了“死当结草”之深情。

然而，《陈情表》的“情”绝不是凭空而来或者矫揉造作的虚浮的感情，而是发自内心的强烈真挚的深情，正如《古文观止》注释中所写：“历叙情事，俱从天真写出，无一字虚言驾饰。”同时，作者在文章中又不是单纯抒情，而是寓情于理，情中见理，化情为理，亦情亦理。无论是陈诉自己的身世，说明“不矜名节”，叙述祖孙年龄，或表示“生当陨首，死当结草”等等，这里面都具有浓烈的“情”，又含着深刻的“理”。它的理，由情所感染；它的情，为理所深化。因此，这篇文章虽然本于宗法伦理观念，但千百年来一直为人传诵，被推为古代写情表孝的代表作。

（原载《南方日报通讯》1980 年第 4 期，与裘汉康老师合写）

必须注重细节的真实性

艺术作品必须注重细节的真实性。美术如此，文学亦如此。曹雪芹在《红楼梦》中对封建贵族家庭生活的描写，无论是起居饮宴、言谈举止，还是衣冠服饰、婚丧典礼，都是细致入微、逼真动人的，就是清代世家子弟也难以找出谬误之处。更可贵的是，他能通过许多逼真的细节描写来准确地揭示人物的内心世界，刻画人物性格。狄更斯曾给一位作家写信，指出其作品中把黑而有光泽的白嘴鸦的眼睛，错误地写成了灰眼睛。列夫·托尔斯泰也指出过高尔基小说《二十六个和一个》中描写的错误："你写的炉灶安放得不对。”巴尔扎克认为：如果小说细节不真实，就毫不足取，如此等等。可见，古今中外的艺术大师们对待细节的描写始终是持严肃认真态度的。

然而，我们有不少的文艺作品却往往忽略了这一点。就拿电影来说吧，有不少影片中的细节是根本经不起推敲的。《带手铐的旅客》中，刘杰的头被高垂下来的石头重砸，石头都碎了，而他的头只是流了些血，醒后即追特务去了；《元帅之死》中贺龙在狱中从报纸上看到周总理在“九大”上的照片，其实是周总理在四届人大上的照片，时间相差了六年之久；有一部军事题材的影片，那些在硝烟弥漫的战场上消灭了不少敌人的战士，竟然都端着没有打开保险的冲锋枪。这些纰漏的出现，有些固然是因为马虎，有些仍然属于缺乏常识。我们的编导们，不妨多多深入生活，学习前辈艺术大师们那种一丝不苟的创作态度。否则，今日的“庄客”，又会对他们嗤之以鼻了。

（原载《广州日报》1981年12月29日）

崇高的爱情

看完电影《天云山传奇》，不禁被冯晴岚那崇高的爱情深深感动。

当宋薇被迫与罗群决裂之后，冯晴岚就毅然作出了和“屡教不改”的右派、身无分文的罗群结合在一起的决定。为了自己的理想如愿以偿，她不怕打击，不怕孤立，不怕被人瞧不起，始终坚如磐石，毫不动摇。吴遥对她进行恫吓，要她与罗群“划清界限”；同学不理解她为什么要背上一个“十字架”，对她进行规劝。但这对于冯晴岚来说，都是徒劳的。终于，她用自己仅剩下的五块钱，迎风顶雪，用木板车将重病中的罗群拉到自

己的住处，和他结合了。对此，冯晴岚在给宋薇的信中自豪地说："对于人生，对于所谓幸福，各人有各人的理想，我不强求别人，但我可以骄傲地宣告，我是幸福的……"这是多么崇高的情操，多么美好的心灵！

冯晴岚为什么有这样大的勇气，这么大的力量去爱一个"反革命"右派分子呢？因为她在美与丑、正直与卑污、真理与谬论混浊的现实中，能够独立思考，保持着清醒的头脑。她坚信罗群的冤案一定会很快得到昭雪的。她和罗群一样，对于党的事业，都有着不灭的信念；对于改造山区、建设山区，都有着共同的远大理想。所有这些，正是冯晴岚崇高爱情的坚实基础。在这种意义上说，冯晴岚爱的是党，是党的事业，是真理。但她爱的又确是罗群，是一个正直顽强的活生生的人。正是由于这样，她能够理解罗群；能够为罗群承受精神上和物质上的一切痛苦，而给予罗群无私的温暖和真诚的爱慰；能够在那瘦弱的身躯、平凡的外貌中显示出气度非凡、金光闪闪的精神世界，从而引起广大观众的共鸣。

（1981 年 3 月 19 日，广州）

情趣盎然　寓意深刻

爱情，究竟姓什么呢？上海电影制片厂摄制的喜剧片《爱情啊，你姓什么?》撷取生活海洋里的几朵爱情浪花，揭示了这一蕴含生活哲理的题目，影片情趣盎然，寓意深刻。

风和日丽的春天，五对夫妇或恋人参加了旅行社组织的苏州一日游。影片通过十几个小时的旅游，生动自如地展现了他们的爱情生活。我们不但可以看到以李振纲、林蓉蓉为主线的“捉迷藏”式的、“尝尽苦恼”的波折爱情，也可以看到殷宪章和谢雪芳“破镜重圆”的爱情，秦天和舜花“宫闹误

会”的爱情，关明和肖翠“久经考验”的爱情，钟强和叶红英“在旅途中萌发”的爱情。

这些爱情的描写，寓哲理于笑声之中，既有开怀的欢乐，亦有带泪的笑声。编导成功地驾驭着六条错综复杂的矛盾线索，紧紧把握住影片的喜剧基调，使人们在笑声中受到教育。例如林母嫌李振纲家穷地位低，非制止小李和林蓉蓉的婚事不可，车上拉扯女儿调换座位；殷薇和殷军巧妙地让离了婚的爸妈共乘一车，硬挤父母合照；殷宪章、谢雪芳亭中各诉昔日误会，重新和好；秦天整天迷恋书本，茶室巧遇李珍，忘了生活和妻子，引起误会；关明在肖翠面前举旗戒烟；钟强和叶红英平常无意斗气，遇难互相解围，播下爱情种子等等，处处洋溢着生活的情趣。在这些爱情纠葛的画面里，在这些饶有情趣的情节中，在这些不同年龄、不同性别、不同职业、不同经历的人物身上，我们看到了对正确人生观和恋爱观的赞美、对美好生活的歌颂以及对在爱情问题上的世俗偏见和封建意识的善意批评。

（1981 年 4 月 20 日，广州）

春融残雪

周丰重新走上领导岗位后，儿子周伟光立即通过“后门”和爱人张秀云离了婚，并且调回北京工作。这里，我们看到了十年浩劫残留下来的严重不正之风和对党的优良传统的破坏。周伟光的成功，靠的是特权，而党内确有一些人，他们对人民的疾苦漠不关心，却以权势人情作为办事标准，为周伟光抛妻弃子、调回北京、安排新居四处奔波。面对这些现实，周丰则认为：这是严冬过后的“一些残雪”。在党的十一届三中全会的春风吹拂下，“残雪”必将融化，党的优良传统定会得到恢复和发扬。

事实正是这样。从维吾尔族的姑娘到县法院和北京市人事部门的干部，都对官僚主义和特殊化深恶痛绝，周丰更是为恢复党的优良传统竭尽全力。当他接到揭发他儿子的群众来信，便更加焦虑不安，于是出以公心，和妻子亲赴新疆，抱病调查处理儿子的错误。在处理儿子错误的过程中，出于对学非所用的科技干部李农的关切，想方设法，把他调回北京科研单位；另外，对张秀云一家的体贴，对新疆人民的关心，都体现了一个党的负责干部对党和人民的赤诚之爱。所以他感慨地说："现在多么需要我们的党员、我们的干部和全体人民同甘共苦、同舟共济地去为四个现代化奋斗啊！"这些可贵的品质，这一崇高的形象，代表了我们党的干部以最广大人民群众利益为出发点的精神境界，给人以教育鼓舞。如果所有的党员、干部，都能像周丰那样，事事出以公心，以党的利益为重，我们的事业就大有希望！

（1981 年 6 月 7 日，广州）

新颖·隽永·深刻

《月亮湾的笑声》是一部反映农村生活的喜剧影片。它用现实主义的手法，展示了具有浓郁乡土气息的农村生活图景，题材新颖，风格隽永，意旨深刻，令人耳目一新。

影片中，江冒富是月亮湾一个勤劳朴实、热爱集体、向往过好日子的普通农民，他是种果树的好把式，收入比别人多。正是这样，他被“四人帮”多变的政策愚弄了。一会儿被划为“走资本主义道路的尖子”，一会儿却成了批判林彪“国富民穷”的有力的先进典型，不几天又沦落为“资产阶级的暴发户”。政治气候的变化，使他昨天是台

上的劳动模范，今天是台下的批判对象，因此也使庆亮昨天极力说服女儿和江家联婚，今天急忙赶来把女儿领回，暂不结婚。江冒富被政策多变的旋风吹得不知东南西北，小小的人物陷入了哭笑不得的境地。幸好打倒“四人帮”，党的政策走上正轨，冒富和庆亮才言归于好，贵根和兰花才办了婚事。冒富作为影片中一个喜剧形象，是从生活中发掘出来的，既可笑，亦可悲，意味深长，颇引人回味。在冒富身上，人们看到了政治运动时代的特点和那个时代的人的精神面貌。人们通过这个形象发出的满含泪水的笑声，是对“四人帮”倒行逆施的强烈谴责。影片那生动有趣的喜剧情节，揭示了一个深刻的主题：八亿农民盼政治安定，望政策稳定，求发展生产、提高生活水平。

祝愿更多反映农村生活、塑造农民形象的影片问世。

（1981 年 6 月 21 日，广州）

美与丑的鲜明对照

水莲和强英，是影片《喜盈门》中两个性格截然不同的银幕形象。大嫂王强英，是一个思想落后、胸怀狭窄、行为自私的农村妇女。她见新娘水莲穿的涤纶绸裤，自己也想有一条；当小姑仁芳得到男朋友龙刚送的一条涤纶绸裤料时，便胡乱猜想是婆婆给买的，而跟婆婆闹着要买裤子；她见仁芳和水莲友好相处，便借故寻衅，放肆吵闹要分家，分家时又提出要有大衣橱，斤斤计较，气病婆婆；她暗中捣鬼，使仁芳与龙刚闹了一场。更有甚者，分家后虐待老人致使老爷爷雨夜愤怒离家而去；她吃了丈夫仁文的耳

光后，又到兽医站大打出手，与丈夫闹得不可开交，一个农村泼妇的形象跃然银幕之上。

与其相反，弟媳薛水莲则是一个思想先进、胸怀宽阔、贤惠善良的农村妇女形象。她知道婆婆没钱给儿媳买裤料，便把自己刚领到的绣花钱献了出来；分家时，她深深体谅老人的苦衷，把大衣橱让给了强英；她对待老人十分敬重，婆婆病时，她精心照料，竟被同房病人误认为是老人的闺女；她耐心说服嫂嫂搞好团结，强英吵闹离家，她还代劳了其家务和工作。总之，水莲时时处处都表现了新的道德观念和新的思想作风，实为农村优秀妇女的楷模。

水莲与强英、美与丑，在影片中形成了鲜明的对照，真切动情，发人深思，耐人寻味。用它来为提倡树立新的社会道德的主题服务，确实收到了强烈的艺术效果。

（1981 年 7 月 2 日，广州）

简洁利落　蕴藉含蓄

刘惠玲抱着孩子回到了雁落滩；康文炳离开了家；罗小山愤然出走，康秀云追随他去了。这，就是影片《花开花落》的结尾。它既简洁利落，又蕴藉含蓄，给观众一种清新明快而回味无穷的艺术享受。

影片以真实、细腻的笔触，描写了几个农村男女青年在十年动乱中遭到的爱情不幸，描写了维护与反对血统论的斗争。这些矛盾的发展，从简单到复杂，逐步推向高潮：刘惠玲怀恋前情，康守荣逼儿割爱，郑永红竟视恩为敌，康守荣更扬言雁落滩容不了罗小山……因此，出现了这样的结局：当

观众还想继续看下去之时，影片却在“罗小山”“秀云”的回声中结束了，这似乎突然，其实却是简洁利落，因为它是必然的，再也没有演下去的必要。然而更可喜的是，这一结尾，避免了直白、浅露之弊，给观众留下了广阔的回旋余地，能引起观众广泛的联想，让人们去想象、去玩味、去补充。观众们在那余音缭绕中，会想到“桃花红了李花白，千朵万朵争春来”，也会想到“有的花春去秋来结了果，有的花随风飘落变尘埃”，还会想到“几分欢喜，几分悲哀”，更会想到“花儿啊，为什么把命运这样安排?”

元人乔梦符说：“作乐府亦有法，曰：凤头、猪肚、豹尾六字也。”影片《花开花落》之结尾，亦可谓“豹尾”矣。

（1981 年 8 月 13 日，广州）

欧阳山及其《三家巷》和《苦斗》

欧阳山同志是现代有名的党员作家，多年来，为党的文艺事业做了许多有益的工作，写了一些在国内外有一定影响的好作品，并正继续为繁荣社会主义文艺事业而努力多做贡献。

欧阳山同志原名杨凤岐，曾用笔名凡鸟、罗西、龙贡公等。一九〇八年生于湖北省荆州一个城市贫民家庭，父母是小手工业工人，本人也曾经做过电影院的小伙计等。从一九二四年起，欧阳山同志就开始从事文学创作活动，至今已五十五年，共创作和翻译了长篇、中篇及短篇小说集三十多本，另外还写了很多散见于各报刊的论文、散文等。

一

欧阳山同志半个世纪的创作生涯，大致可分为以下三个阶段：

初期，二十世纪二十年代，他积极参加广州的进步文化活动，组织广州文学会，主编《广州文学》周刊，同时在北伐军队中做些政治工作。这期间写了许多小说和速写，主要内容是揭露旧社会的黑暗，描述小资产阶级和知识分子的幻想及忧郁苦闷的心情，其中较有影响的有短篇小说《那一夜》和长篇小说《玫瑰残了》等。一九二六年，经郭沫若同志介绍，欧阳山同志进入中山大学当旁听生。在一九二七年，欧阳山十九岁时，就得到了鲁迅先生的热情指导和帮助。欧阳山组织的广州文学会扩大为南中国文学会时，当时在中山大学任教的鲁迅亲自参加了他们的成立大会。从此欧阳山与鲁迅有了交往。他听鲁迅讲课并负责记录，读了鲁迅的大量著作，后来还给在上海的鲁迅所主编的《奔流》写稿。一九二八年他到达上海，此后参加了以鲁迅为中坚力量的中国左翼作家联盟。从一九二七年到一九三六年，鲁迅写给欧阳山的信件有二十多封，可见鲁迅对这样一个青年作家的关心与爱护是多么真诚！

欧阳山到上海后，连续写了许多长篇和短篇小说，成了职业小说家。在这段时期，欧阳山同志开始接受马克思列宁主义文学启蒙运动的影响，创作了试图反映工人生活与斗争的长篇小说《竹尺和铁锤》，但不够成功。一九三二年，欧阳山同志又在广州组织了普罗作家同盟，主编《广州文艺》周刊，发表了粤语中篇小说《单眼虎》等。后因积极从事革命文学活动，受到国民党反动派的通缉，被迫离开广州，到上海去了。一九三三年，欧阳山同志参加了中国左翼作家联盟和中国左翼文化总同盟的活动，思想和创作都有了进一步的发展。这几年间，他的作品有小说集《七年忌》《生活的烦扰》《鬼巢》和中篇小说《青年男女》等，其中以《崩决》较有意义，它描写水灾吞没了整个乡村，穷苦农民躲在山顶挨饿，反动政府不赈济，只得到处逃荒的悲惨情景。

中期，抗日战争爆发后，欧阳山同志积极参加抗日救亡文化运动，先后到广州、长沙、重庆等地开展工作。在周恩来副主席的教诲和培养下，欧阳山同志于一九四〇年在重庆加入了中国共产党，写了一些反映中国人民奋勇抗击日本侵略者的作品，如《流血纪念章》《一缸银币》等。

一九四一年，欧阳山同志到了延安，一

九四二年参加了延安整风运动和延安文艺座谈会，这对他的思想和创作影响很大。欧阳山同志说："参加延安文艺座谈会，在我的创作道路上是一个转折点。""在座谈会之前，我虽然写了一些作品，但不能正确反映工农兵，也不能为工农兵所接受。文艺座谈会后，我逐步意识到要去接触工农兵，努力反映工农兵，后来写的一些作品，也就比较容易为工农兵所接受。"[①]一九四四年六月，他在延安写了一篇反映合作社一位女纺织能手的速写，题目叫作《活在新社会里》，发表于六月三十日的延安《解放日报》上。毛主席看了后，于第二天凌晨给他写了一封信，对他作了热情的鼓励，并邀请他七月一日下午去吃饭。这就更加鞭策欧阳山同志按照毛主席指引的方向去努力。

毛主席的热情鼓励，给了刚刚在表现工

农兵，歌颂工农兵的大道上迈出第一步的欧阳山以新的鼓舞和力量。就在毛主席接见后一个月，欧阳山便和爱人虞迅一起，打起背包，到当时边区的模范集体——延安县柳林子村南区合作社落户，深入生活。一年多后，他以这个合作社的模范主任刘建章的先进事迹为依据，写了长篇小说《高干大》。他说："《高干大》是实践毛主席的光辉《讲话》的一次尝试，不论从内容到形式，都力求符合边区群众的需要。"这本书出版后，很快就在各个解放区流行，还被译成俄、英、日、匈牙利等文字介绍给外国读者。这一切，都是毛主席的《讲话》指引的结果。

《高干大》共二十四章，约十五万字，它以解放区掀起的"组织起来，发展生产"的群众运动为题材，描写了二十世纪四十年代初期陕甘宁边区抗日民主根据地的生活景象，及时反映了陕北人民走合作化道路的最初历程，生动地写出了决心改变家乡贫穷、多病的落后面貌的共产党员高生亮（即高干大）这样一个典型，比较深刻地揭示了老区农村合作化开始时期的斗争。这样的作品，在解放区文艺作品中是仅有的一部。它不但在当时产生了广泛的影响，而且解放后由人民文学出版社多次重印，对解放初期的土改、合作化运动也具有相当深刻的教育意义，直至今天也还是应当肯定的。同时，作者在写这部小说时，改变了以往多用“欧化”笔调，不够通俗化、群众化的毛病，努力学习中国古典小说的传统，尽量加强故事性，通过故事深入地写出新的人物典型来，因而受到群众的欢迎。

新中国成立后，欧阳山同志历任中国文学艺术界联合会委员、中国作家协会理事、华南文联主席、广东省文联主席、华南人民文学艺术学院院长、作协广东分会主席；并于一九四九年被选为中国人民政治协商会议代表，一九六四年和一九七八年分别被选为第三届、五届全国人民代表大会代表。

解放以后，欧阳山同志继续积极地从事文艺创作活动，写了反映海南岛人民斗争生活的小说《英雄三生》（一九五五年四月作家出版社出版）、反映农村合作化斗争的中篇小说《前途似锦》（一九五五年九月作家出版社出版）等。其中《前途似锦》以珠江三角洲的农村为背景，围绕着一个农业合作社清明前的插秧问题，真实地反映了当时广东农村中两条道路、两种思想的斗争，展示出农民群众组织起来的光明前途。作品中塑造了一个南方合作社运动的先行者、共产党员梁树坚的形象，对于他的无私忘我的劳动精神和对合作化的热情与斗争勇气，有不少动人的刻画。作者在歌颂新事物的同时，也揭露了反革命分子陈荫廷和富农分子黎妹的罪行，并讽刺批判了官僚主义者和所谓的“农业专家”。打倒“四人帮”后，这本中篇小说已重版再次发行。此外，欧阳山同志还出版了记叙张太雷同志领导广州起义的特写《红花岗畔》（一九五九年工人出版社出版），发表了反映大跃进沸腾生活的短篇小说《乡下奇人》以及《在软席卧铺里》《金牛和笑女》和童话《慧眼》等作品，受到了读者的好评。从一九五七年起，欧阳山同志开始从事长篇巨著《一代风流》的创作，其中第一卷、第二卷（即《三家巷》和《苦斗》）已经出版，第三卷（《柳暗花明》）即将完稿。

二

《一代风流》是欧阳山同志解放后的主要

创作。据作者说，这部长篇小说构思很早。早在一九四二年延安整风运动时，通过学习，他对“中国的来龙去脉有了一个比较明确的认识，于是想到写一部小说反映这个问题。当时我把这个打算和在一起学习的周而复同志谈过，他也很赞成我的想法，我们甚至给这本还未着一字的小说起了一个名字叫做‘革命与反革命’”[②]。但当时并未动手写，一直酝酿了十多年，直到一九五七年二月十四日才开始动笔写第一卷。《一代风流》全书计划写五卷，准备写二百章，约一百多万字。总的内容，按照欧阳山同志原来的想法，是“叙述一个名叫周炳的打铁工人出身的知识分子的半生经历，从一九一九年到一九四九年，这里面不知包含了多少的悲欢离合，也不知包含了多少苦辣辛酸”[③]。《一代风流》的第一卷《三家巷》已于一九五九年九月由广东人民出版社出版，一九六一年六月由作家出版社重排出版；第二卷《苦斗》也已于一九六二年十二月由广东人民出版社和作家出版社同时出版。

在《三家巷》中，作者以二十世纪二十年代风起云涌的广州革命斗争生活为历史背景，试图通过广州的一条小巷——三家巷里代表工人阶级的周家（铁匠周铁及儿子周金、周榕、周炳，女儿周泉等）、买办资产阶级的陈家（万利进出口公司总经理陈万利及儿子陈文雄，女儿陈文英、陈文娣、陈文捷、陈文婷等）和代表官僚地主阶级的何家（办理税务的反动政客何应元及儿子何守仁、何守义，女儿何守礼等）这样三个家庭错综复杂的关系和矛盾变化，着重写周炳的童年、青年的生活和开始投身革命斗争的经历，以及他与陈、何两家从亲密交往到冲突

疏远的过程，结合省港大罢工、沙基惨案、第一次国内革命战争、“四一二”反革命政变后的白色恐怖和广州起义等重大历史事件，揭露买办资产阶级、官僚地主阶级勾结帝国主义镇压革命的滔天罪行，歌颂中国工人阶级在中国共产党领导下的革命斗争，从而反映时代的激流和风貌。同时，也通过艺术概括，记下这一历史阶段中国人民的革命斗争的经验和教训。作者二十世纪二十年代先后在广州几家电影院里当小伙计，做翻译影片的英文字幕工作，此后还在国民革命军里做些政治教育工作，因此对那个时期的革命斗争形势，特别是对当时广州的社会生活以及人情风俗，是相当熟悉的。在《三家巷》中，作者以细腻的笔触，描写了各个阶级人物的活动和斗争、命运与归宿、压迫与反抗、欢乐与哀愁，从而构成了一幅比较广阔的生活画图。周、陈、何三家人，虽然是邻居关系、亲戚关系、朋友关系、同学关系，但是，在时代的洪流中，这些关系，都反映了不同阶级的利益与矛盾，从而引起阶级的冲突和决裂。在小说中，由于阶级的对立，昔日的换帖兄弟，竟然拔刀相对；相许的情偶也翻脸不认；曾经一度热恋过周榕的陈文娣，后来懊悔了，并终于和周榕断绝关系；阶级观点的迥异，也使得陈文婷最后离开了周炳。在小说中，作者通过各种纠葛的描写，在一定程度上表现了当时的阶级矛盾和阶级斗争。例如陈文雄在当工贼之前，也假惺惺地参加罢工斗争，而在紧要的关头，他就要求复工。当革命高潮到来的时候，陈文雄、何守仁也想向周家兄弟搭线，而在白色恐怖中，他们又对周家兄弟进行陷害。通过这些描写，将不同阶级的立场与利害关系鲜明地表现了出来。作品的后半部，节奏较为强烈，跳跃着革命的脉搏。冲突、斗争、迫害、反抗，在亲戚友邻之间剧烈展开；胜利、失败、血战、退却，二十世纪二十年代广州的形势跃然纸上，最后以广州起义失败，周炳出走上海结束第一卷。

《苦斗》是接着《三家巷》写广州起义失败后革命低潮时期的现实面貌，作者试图反映大革命失败后，一九二八年至一九三一年这段时期革命势力与反革命势力之间尖锐而复杂的斗争。在这一卷中，作者侧重写了周炳从上海回到广州近郊的震南村的一段经历。起初周炳做乡村小学教师，思想苦闷，愤懑难受。后来，他逐步在当地会合了童年的伙伴和广州起义时的战友，组成了一支“第一赤卫队”，一面积极寻找党组织，一面与反动统治阶级和地方上的反动势力展开了斗争，最后终于找到了地下党的领导，获得了有组织的快乐，准备迎接新的战斗。

在《三家巷》和《苦斗》中，上述思想内容主要是通过人物的活动与环境描写表现出来的。作品中的人物很多，光有姓有名的

就有四五十个，其中周炳是主人公。在作者的笔下，周炳是一个开始走上革命道路的劳动知识青年。他出生在一个三代铁匠的工人家庭里，本人也当过铁匠、鞋匠和山草药铺的小伙计，还曾经放过牛。后来，他逐步接近革命同志，并投身革命，在广州武装起义时，参加了工人赤卫队，初步经受严酷的阶级斗争的考验，表现了劳动人民正直善良、勤劳勇敢、不畏强暴的优良品质。但是，他从小就和同巷里的陈、何两户阔气人家有比较密切的来往和亲戚关系，甚至还当过资本家陈万利的干儿子，有一大堆少爷小姐的表兄姐妹；同时他自己也在当时的中学里读过几年书，有一些旧知识分子的腔调与习气。这样的出身和环境，决定了周炳思想性格的复杂性。一方面，他有着劳动人民的朴素阶级觉悟，勇于追求真理和光明，接受党的教育，不断提高政治觉悟，在公开的敌人面前，他是个硬骨头。另一方面，他又不断受到资产阶级思想的腐蚀和影响，产生了较多的毛病和不健康情调。随着故事的展开，周炳性格上的弱点不断暴露。然而，他又从现实的斗争生活中逐步看清楚了一些人的真面目，接受了惨痛的教训，认识到买办资产阶级和官僚地主阶级的罪恶，从而促使他走上革命的道路，并在斗争中逐步成长起来。用欧阳山同志的话来说："周炳就是这样一种人，他一方面有手工业工人的思想意识和感情，因此生活上和各行各业的工人接近；但是他又有知识分子的气味，例如要求个性解放，想通过读书向上爬等。周炳就是那样有两种内在因素在矛盾斗争中发展着的人物。"④

周炳在《苦斗》中，仍然是全书的主要人物，在这一卷中，他的性格有所发展。这一卷的开端，他在上海寻找党组织，寻找革命的出路，但是没有任何结果，度过了一段苦闷无聊而又愤懑难堪的生活。表姐陈文英对他的所谓“爱情”，使他感到厌恶作呕；表姐夫张子豪无耻地引诱他，叫他叛变革命，更使他无法忍受下去。他面对张子豪的挑战，沉着应战，提出了一个交换条件“就是请老蒋下台，另外组织一个工农民主政府，没收一切工厂，全部土地收归国有，救济贫民，打倒帝国主义”，充分表现了一个革命者敢于斗争、蔑视敌人的高贵品质。周炳离开上海回到广州，在震南村组织了几个伙伴，即所谓“十大寇”，自发地与国民党反动派及其爪牙展开了一些斗争。他们发动了当地的农民抢粮救灾；攻打了在当地横行作恶的稽查站；为了抢救胡杏，对国民党军队予以了迎头痛击，最后找到了地下党组织。在斗争中，周炳经受了一些考验，阶级觉悟有所提高，《三家巷》中周炳那种痴情和幼稚，已经克服了很多。但这时的周炳也还不是一个无产阶级的英雄形象，在他的心灵深处，还有着小资产阶级的动摇性和感伤情绪。当震南村的革命斗争遭到了挫折，“第一赤卫队”被迫解散，胡柳牺牲、胡杏被抢，他亡命到广州，又一时找不到地下党组织的时候，他性格中消极的一面又故态复萌，感伤的情绪也有所滋长。他希望实现共产主义，一想到什么时候才能实现这美好社会的时候，他又感到渺茫、失望。然而，尽管周炳的性格还带着不少弱点，内心里还残留着这样那样的不健康的感情，在政治上也还显得幼稚和缺乏经验，但是他最终还是摆脱了陈文英对他的疯狂追求，拒绝了陈家姐妹要把他培养成为“上等人”的诱惑，坚持追求革命真理，坚持寻找党的组织，敢于和阶级敌人进行针锋相对的斗争，这些都是周炳思想性格中难能可贵的一面。总之，直到《苦斗》卷末，周炳还只是一个在成长中的有着不少毛病的革命知识青年。

在《三家巷》和《苦斗》中，作者在着力塑造周炳的同时，还刻画了众多的各具不同外貌、性格和品德的人物形象。从《三家巷》看，里面有领导广州起义的党内主要领导者张太雷、叶剑英、苏兆征同志，有周铁、区华这些老一辈的工人，也有为了革命事业付出了自己鲜血的孟才师傅以及何锦成等。这些人物，都曾以他们在斗争中的英雄行为给了读者一定的激励和鼓舞。在《三家巷》中，我们还看到了另一个主要人物区桃，她给读者的印象是比较深刻的，她不仅外貌美丽，而且心灵手巧，具有较多的才情和机智。她在牺牲前表现出的英勇的气概，是感人的。可惜作者对于区桃心灵美的揭示还比较单薄。另外，作品中的一些反面人物，写得也是比较出色的。例如年轻的买办资产阶级分子陈文雄，他的权谋机诈的“才干”，翻云覆雨的手腕，喜怒不形于色的“涵养”，自命不凡的野心，都刻画得栩栩如生。在他身上，集中了工贼、叛徒、反动政客、投机商人的性格特征。对于国民党官僚何守仁的卑劣无耻、买办资产阶级陈万利的利欲熏心以及反动政客何应元等，也都准确地揭示了他们肮脏的心灵，刻画出了他们的丑恶嘴脸。

在第一卷出现的这些人物，到《苦斗》中有的已经早逝，不再出现（如区桃），有的由于时间的推移，环境的变异，也发生了很大的变化。老奸巨猾的反动政客何应元，爬上了省城的“禁烟督办处”当专员；何守仁从科长爬上了南海县教育局长的职位；曾经以“中立”面貌出现的陈文雄，这时已成为洋奴买办。他们这些家伙，和周炳等革命者之间，划出了一条壁垒分明、你死我活的分界线，没有任何妥协的余地。在《苦斗》中，我们还看到了共产党员谭槟、冯敬义等英雄儿女，他们为了革命的事业，献出了自己宝贵的生命。胡柳也在生命最美好、最绚烂的时刻牺牲了。大浪淘沙，曾经和周炳一起投身革命洪流的李子木，叛变了革命，成了可耻的叛徒。还有区细、马有，当革命处在低潮，白色恐怖严重的时刻，由于看不到革命的前途，消沉悲观，结果成了革命的逃兵。而革命斗志坚强的金瑞、冯斗、陶华等，则坚持战斗到底。在这些波澜起伏的斗争中，各种人物都处在生活着、变化着、斗争着的状态，构成了两个阵营的尖锐斗争。应该说，作者在刻画这些不同阶级、阶层的各种类型的人物时，是花了相当的心血的，取得了一定的成就。

《三家巷》《苦斗》不仅在反映二十世纪二十年代广东社会生活和革命斗争，在塑造人物形象方面取得了一定的成就，而且在艺术表现上，也有着明显的特色。欧阳山同志在二三十年代的创作中，笔调较为“欧化”的缺点，在他四十年代写《高干大》时已有所改进，解放后写《前途似锦》等中篇、短篇时就开始努力使自己的创作富有民族的风格，而在创作《三家巷》《苦斗》时，“欧化”缺点可以说已基本克服。这两卷作品都具有鲜明的民族风格和浓郁的地方色彩，体现了民族化、群众化的特色。关于作品的这种艺术成就，主要表现在以下几个方面：

首先，《三家巷》《苦斗》的故事性都很强，情节紧凑，一环紧扣一环，一步紧扣一步，这和我国传统名著《三国演义》《水浒传》《红楼梦》等小说的写法有明显的继承关系。例如在《三家巷》中，作品一开章就对周、陈、何三家及人物作了概括的介绍，并突出地介绍了主人公周炳。紧接着，作者就用了“证人”“鲁莽的学徒”“受屈的人”“看牛娣”等章节，层层紧扣而又有条不紊地叙述了周炳的少年时代。这些故事的发展，节节相连，疏密相间，饶有故事趣味，紧扣读者心弦。例如在《苦斗》中，从周炳回到震南村至找到二哥周榕这一部分，其间就写了打乡公所、成立“第一赤卫队”、胡杏被赶回家、农场罢工、谭槟牺牲、西水成灾、区细离队、南渡口抢粮、火烧稽查站等多起大事件。这些事件紧紧相连，跌宕起伏，而又自然转递，使读者仿佛是在听说书人讲故事一样，深深被吸引，并关注着小说中人物的命运和前途。这是这两卷小说的一个重要艺术特色。

其次，在人物描写上，作者也学习采用了我国传统小说常用的白描手法，寥寥几笔勾勒，人物形象就活现在读者面前。例如作者在《三家巷》中写陈、何两家发迹后的势利和周家的质朴善良、待人真诚，都没有花很多笔墨，但描写得相当逼真。在《苦斗》中写陈家摆满月酒的热闹豪奢场面和贯英审问冯敬义老汉的几段，也都是十分生动的。欧阳山同志在刻画人物时，还善于通过人物的行动和言谈写出人物的思想性格。例如在《三家巷》的“盟誓”一章中，写了许多人物，然而作者能通过这些人物各自的言谈行动表现他们的性格特征。几个主要人物固然写活了，有些次要人物也写得能使读者分辨出他们的音容笑貌。在塑造陈文雄这个年轻的资产阶级人物形象时，主要也是用他那有个性的一言一语来表现他的精明能干而又自私阴险的本质。在《苦斗》中，写到周炳逗留上海期间，张子豪要周炳当工贼，周炳严词拒绝，两人舌战起来，通过对话交锋，表现出一个做贼心虚、卑鄙丑恶，一个光明磊落、立场坚定，形成鲜明的对比。又如写胡柳闯进三家巷，为妹妹打抱不平，通过她慷慨激昂的言辞和陈家兄妹的反应，表现出她的勇敢与崇高。作者运用传统小说的表现手法，把一个一个活龙活现的人物形象推到了读者的面前，是有其特色的。

再次，在语言运用上，《三家巷》《苦斗》都有鲜明的民族风格和浓郁的地方色彩。作者继承了中国传统小说简洁明快的笔法，行文简练，用词生动，读来顺畅自然，而又能恰到好处地表现各个不同人物的思想面貌与环境场面。例如写周家兄弟，周炳讲话和周金不同，与周榕也有异；写胡家姐妹，胡柳讲的和胡杏说的，就不一样；写陈文雄的言谈，也有别于何守仁。同时，欧阳山同志在运用语言时，注意到文字的音节和谐以及同一个字词的多种感情的表达，例如写到南渡口抢米胜利的一段文字就很有特色。作者是这样描写的："霎时之间，这南渡口堤岸上人头涌涌，欢声雷动。太阳急忙从大帽岗那边探头出来，给震南村穷苦饥饿的人添了光彩。大家舀着米，分着米，挑着米，扛着米；讲的是米，笑的是米，赞的是米，骂的还是米。"在这一段中，连用了八个"米"字，表现了各种不同的感情，读起来，音节铿锵，感情充沛，把劳动人民那种敢于斗争的神态和欢庆胜利之情，都写出来了。在这两卷小说中，作者还巧妙地运用了许多方言谚语，加浓了地方色彩。例如把广州方言“茶居”（茶楼、茶馆）、“靓女”（美丽的姑娘）、“讲古”（讲故事）等等插了进去，显得生动活泼，妙趣横生；又如运用方言谚语，讲轻诺寡信，就写成“风吹下巴一讲就过”，还有“开年饭”（指农历年初二的那餐饭，表示开始新的一年）、“无情鸡”（吃了一餐好的，就翻脸不认人）等等，都表现了广东特有的风习语调。作者写周炳在上海的生活，不少段落使用了上海话，而当周炳回到震南村时，又多用广州方言，使语言词汇显得丰富多彩。作者在使用方言时，注意选择、锤炼、加工，所以虽有地方语言的色彩，但不是什么方言都照原样搬用。这样写来，很有味道，而北方读者只要看看上下文，也可以看懂。在作品中，欧阳山同志对不少景物场面的描绘，也都充满着南方的生活气息、乡土人情，构成了一幅幅色彩缤纷的广州风俗画，从而使这两卷小说具有与其他作品迥然不同的特色。

综上所述，《三家巷》《苦斗》作为《一代风流》的第一卷和第二卷，在思想上和艺术上都是具有一定成就的。作者力图通过小说反映“中国革命的来龙去脉”的意图是应该肯定赞许的。这两卷也确实写出了当时广东革命斗争的某些方面，同时作品在运用我国古典小说的表现手法描写人物和场景，选择和锤炼方言谚语等方面也都有着一定的特色。所有这些，都是应该予以肯定的。但是，从这两卷看来，也还存在着不少缺点和毛病，有的还是较严重的缺陷。我们认为《三家巷》《苦斗》出版后，从一九五九年十月至一九六五年期间，许多评论文章与读者对小说缺点的批评意见，多数是中肯的和比较中肯的，其中批评原作存在的主要问题和缺陷大致有以下几点：

第一，这两部作品对大革命期间的革命斗争的反映不深刻，有的地方还欠真实。由于作者着力表现的是周炳这个特殊人物如何走上革命道路和多次反复的爱情生活，党所领导的革命斗争只是作为背景来写，有的是侧面描写，有的只是通过人物的叙述三言两语地交代一下，而详写的则是周炳与陈家、何家兄妹的来往以及与区桃和胡家姐妹之间的爱情关系，把斗争限制在较狭窄的生活圈子里，这样势必使某些革命斗争场面的描写游离于主线之外，不能很好地深刻反映那个时代的严重的阶级矛盾与复杂的斗争生活，没有全面地充分反映出党的正确领导和革命群众的力量，因而在概括时代风貌和历史斗争形势的深度上、在表现革命气氛的强度上，都显得不足。这就削弱了作品的思想意义。

第二，这两部作品中的共产党员形象缺乏光彩，显得比较单薄。在《三家巷》中，周金是一个工人党员，但血肉很不丰满，除了偶尔讲几句大道理之外，别无特点；周榕是知识分子党员的形象，但多写他的小资产阶级的软弱一面，而作为党员应有的气质与斗争热情则着墨不多。在《苦斗》中的冼鉴、谭槟、冯斗、金瑞等几个党员，写得也是比较浅的，未能给读者以真切生动的印象。由于没有塑造出血肉丰满的成功的共产党员形象，因而也影响到这两卷作品正确深刻地反映历史的真实和时代的精神。

第三，更为突出的问题是关于周炳这个人物形象的塑造。不少读者和评论文章都认为作品中的周炳虽然是要革命的，是在逐步成长中的，但无论在革命斗争中，还是在爱情生活里，他本身的手工业工人的气质都没有得到充分的表现，而更多的是表现其浓厚的资产阶级和小资产阶级的思想感情，作者对这些缺乏必要的有力的批判，甚至有时还加以歌颂和赞扬。同时，作品突出地描写周炳和区桃、胡柳、胡杏以及陈文婷等人之间的外貌美的相互吸引，并专章专页地渲染这种以外貌美为相互爱慕的基础的爱情风趣，加上彼此之间对于感情的探索和戏弄，这些细节描绘得有声有色，然而也没有什么批判。这样势必损害了周炳这个人物形象和整部作品的思想价值。这样的不健康的爱情生活描写，再加上个别章节写到剥削阶级分子的荒淫无耻的男女秽事时，显得过于露骨，因而在读者中已经造成了不良的影响。我们认为这些都是作品中实际存在的缺陷，应予以正确的分析和批判。过去，许多同志在讨论中发表了自己不同的看法，展开了争论，这是对一部有影响的作品进行全面评价过程中的正常现象。

但是，林彪、“四人帮”却蓄意陷害欧阳山同志。在“文化大革命”期间，他们对这样一位老革命作家及其《三家巷》《苦斗》大打棍子、乱扣帽子，无限上纲，加上种种罪名，完全是别有用心的政治陷害。

诬陷终要推倒，冤案必须昭雪。在党中央领导下，社会主义文艺园地又迎来了明媚的春天。《三家巷》和《苦斗》又重版发行了。现在，欧阳山同志虽然年事已高，视力很差，写字也有困难，但在全国人民向四个现代化进军的巨大鼓舞下，他仍决心将长篇小说《一代风流》继续写下去。最近，广东省委已批准调两个创作助手协助他写作。目前，他已基本写完《一代风流》第三卷《柳暗花明》（不久将先在《花地》丛刊第一辑刊出），对第四卷《圣地》和第五卷《浩浩神州》，也做了一些准备工作，人物和情节的发展已有了较为完整的设想。我们相信，在新时期总任务的鼓舞下，欧阳山同志必将为祖国的文艺事业做出更大的贡献。

注：

① 引自《毛泽东同志教导我们实事求是》，见《南方日报》1978 年 12 月 26 日。

② 见《欧阳山谈〈三家巷〉》，《羊城晚报》1959 年 12 月 5 日。

③ 见欧阳山同志为《一代风流》英译本所写的《序》，《作品》1962 年第 8 期。

④ 见《欧阳山谈〈三家巷〉》。

（原载《现代作家和作品》1979 年 5 月版，与裘汉康老师合写）

要消灭一切害人虫

——记五届全国人大代表、昆虫学家蒲蛰龙教授

一九七七年，十月的北京，秋高气爽。枫叶如火，格外明媚。

西郊友谊宾馆，聚集着的来自全国各地的一千二百多名科学工作者，正在讨论着全国自然科学学科的三年、八年、二十三年规划，气氛十分热烈。

这天下午，分组学科规划论证会结束，昆虫学家、中山大学生物系教授蒲蛰龙同志慢步回到房间，他顺手推开窗子，一阵轻风拂动着房内的日历牌，他注目一看，映入眼

帘的是“14”两个大字。

“啊！十月十四日！……二十八年了！”他心潮激荡，思绪万千，二十八年的历程，如同海浪一样，在他的脑际涌动开来……

二十八年前的十月十四日，是广州解放的日子，也是蒲蛰龙夫妇从美国三藩市乘船启程奔回解放了的祖国的日子。

蒲蛰龙同志是在一九四六年被中山大学原农学院派往美国留学进修昆虫分类学的。他在美国勤奋学习、研究，几年时间，就获得了博士学位，并在世界昆虫学研究方面有了一定的地位。但是，这一切并没有使他忘记祖国，相反，他正是抱着为祖国争光的决心去学习、研究的，所以当从祖国传出一个洪亮的声音："占人类总数四分之一的中国人从此站立起来了！"中华人民共和国已经诞生了！他便急不可待地奔回祖国来，要为祖国的科学事业而奋斗。

二十八年过去了，祖国在社会主义大道上飞快前进，蒲蛰龙也在党的领导、教育下，在运用自己的专业为人民服务的大道上一步一个脚印地前进。

走"生物防治"的路

蒲蛰龙同志回国后，对昆虫分类的研究，一直是认真的，无论是查阅文献资料，还是采集昆虫标本和观察昆虫生活，进行昆虫分类，他都一丝不苟。但他还没有把自己的昆虫研究工作与整个国家建设、与为农业生产服务联系起来。

一九五一年，国家开始在知识分子中进行思想改造运动。当时，中山大学党组织负责人冯乃超同志来到蒲蛰龙家中和他谈心，讲到搞生物科学的同志应该走理论联系实际的道路，到农村去搞些试验，做出样子来。一些学生也以生动的比喻来帮助他，他们说："蒲先生这样研究昆虫分类，好比是一个人坐在屋顶上又看书又写文章，看的写的都是如何识别害虫，但就在这屋子周围有一大群害虫在大肆活动，却不去管，这样的科学研究有多大实际意义呢?"在党和群众的帮助下，蒲蛰龙的思想受到很大的震动。

同年夏季遇到的一件事，进一步教育了他。那是一天午后，他和农学院的学生一起到石牌附近农村去参加水稻害虫防治活动。

那时，帝国主义正对我国实行经济封锁，妄图把新中国扼杀在摇篮里，连化学农药也实行禁运，而我国那时还不能大量生产。蒲蛰龙和农民一起除虫的时候，没有农药，只好用草梗、竹签将害虫一个个从稻叶上扒进盛着煤油的水盆里……在这害虫猖獗的季节，这样除虫，怎能速见成效？

回到农学院，蒲蛰龙难过得彻夜不能成眠，面前的现实，使他明确了这样一个问题：不能单纯进行昆虫分类研究工作了，要把昆虫研究与整个国家的经济建设联系起来，要为农业生产服务，要为防治害虫而战斗！

他望着窗外的夜空，仿佛看见帝国主义者在狞笑，看见螟虫、卷叶虫、铁甲虫在张牙舞爪。他鄙笑一声，下定决心：一定要打破帝国主义的封锁，自力更生、奋发图强，防治害虫。

已是子夜时分，他毫无倦意，继续思考着。路，终于明确了：不能单靠农药，利用有关生物来防虫治虫，保护农业生产。他毅然站起来，挥笔写下了四个大字：“生物防治”。

在自然界，有很多天生能消灭害虫、对害虫起抑制作用的生物，叫作害虫的天敌。各种害虫都有自己的天敌。鸭子、青蛙等捕食性动物是不少害虫的天敌，卵寄生蜂类昆虫则能通过寄生卵的办法使害虫无法繁殖。但这些天敌需要人们有计划地保护、繁殖和充分发挥其治虫的积极作用，才能起到应有的效果。研究这方面的有关知识与措施，属于“生物防治”的范围。

二十世纪五十年代初，组织上让蒲蛰龙兼任广东省农业试验场场长，他和场里的刘志诚等同志开始了利用赤眼蜂防治甘蔗钻心虫的试验。钻心虫对甘蔗危害很大，每当甘蔗幼苗初长的时候，钻心虫就蛀食蔗心，使蔗苗枯死，受害蔗苗一般在 20% 左右，有的高达 30% 。但这钻心虫有一种天敌，那就是赤眼蜂。赤眼蜂专门在钻心虫的卵里产卵，蜂幼虫在钻心虫卵内寄生，使钻心虫卵受到破坏，无法变为幼虫。但自然界天生的赤眼蜂数量不多，也不听从人们的调遣按计划使用，因此，蒲蛰龙他们面临的第一个问题，就是人工大量繁殖赤眼蜂。

开始，他们按照外国资料介绍的办法来培育赤眼蜂，如采用麦蛾卵繁蜂，但一个麦蛾卵只能育一个蜂，远远适应不了要求。他们学习了毛主席的教导，结合中国实际、学习外国经验，经过反复实践，终于探索出一套与外国不同的大卵繁蜂的新方法，利用蓖麻蚕卵来培育，一个蚕卵可以育出二十多只生命力强的赤眼蜂，成功地做到人工大量繁殖。

一九五八年，大跃进年代，广东顺德县出现了中国有史以来的第一个赤眼蜂站，接着中山等县陆续办起了二十多个，还推广到广西、福建等省。运用赤眼蜂治钻心虫后，甘蔗的枯心苗由过去的20%减少到5%以下，而且每百斤甘蔗可增产白糖二斤。

第一项生物防治试验研究成功，使蒲蛰龙和他的同事们无比喜悦，信心也更足了。

向荔枝蝽象进攻

荔枝，是南国佳果。

北宋诗人苏东坡曾这样赞誉过它：“日啖荔枝三百颗，不辞长作岭南人。”

南国春早，当北方还是白雪皑皑的时候，广东的荔枝产区已经是嫣红翠绿。荔林里，新芽绽开，淡红如火，虬枝老叶，一片浓绿，树冠上还缀满密密麻麻的淡黄色的小花，色彩鲜明，别有一番景致。

但是你可知道，一种叫荔枝蝽象的害虫却正在这个时候严重危害荔枝的生长呢。清明后，就可以见到数不清的荔蝽，在荔枝树上吸食刚长出来的嫩芽、嫩果的汁液，破坏组织细胞和放出臭气，引起落花落果，使荔枝失收。

一九六九年秋，在东莞县“五七大学”门口，一群干部、社员握住蒲蛰龙的手激动地说：“荔蝽，这小小的虫儿，可害苦我们呵！这几年我们大队的荔蝽特别多，鲤鱼山荔枝园更厉害，大家称它为‘金背（荔蝽的俗名）祠堂’，我们损失的荔枝成百万斤啊！往年我们也喷过很多‘敌百虫’，但解决不了问题。蒲先生，除了喷洒农药，可还有别的办法吗?”

有的。前两年，蒲蛰龙曾在增城、从化等县进行过荔枝蝽象危害的情况调查，并协同中国科学院中南昆虫研究所、从化县农业局、增城县果蜂办公室和三个公社联合进行过利用平腹小蜂防治荔蝽的研究工作，进行过表证示范，取得初步成效。这时，他们决定与东莞县“五七大学”合办害虫生物防治培训班，为这个县有荔枝树的十二个公社培训一批专门防治荔蝽的技术人员，以便大面积开展放蜂除虫活动。

培训班办起来了。第一项重要工作，是争取在春季荔蝽产卵前培育出大量的平腹小蜂，到时有计划地及时散放。蒲蛰龙等和“五七大学”的同志一起搭起了茅草房作为繁殖室，准备好蜂箱、蜂架、放卵板等，开始了育蜂工作。他全身心都扑到工作上，决心为人民尽自己的责任。

严冬的深夜，冷风嗖嗖，人们都已进入了梦乡。蒲蛰龙却不止一次地走出住房，来到繁殖室察看，发现里面的温度低了，便及时添火加温，保证小蜂正常生长。他一夜没睡多少时间，天不亮又起床来到草房，发现室内光线不够，便设法开窗，用塑料薄膜盖严。年轻人劝他注意身体，他笑着说："没什么，我老了，睡觉时间不用那么长，这也是我应尽的责任嘛!"

经过半年的苦心培育，终于繁殖出大批即将羽化的平腹小蜂，可供有荔枝的公社、大队广泛放蜂了！这下可乐坏了荔区的男女老少。

"放蜂了！放蜂了!"

放蜂那天，增埗大队鲤鱼山荔枝园更是聚满了人，他们听说调了"天兵天将"来攻打“金背祠堂”，又高兴又惊奇，都仰头观看，看看蒲蛰龙和科技人员究竟有多大神通。只见蒲蛰龙他们在每棵树上挂上两三张小纸片。

“烟纸这么大小的一张纸片，能杀死荔蝽？”

“这纸片上有什么法宝这么厉害？”

蒲蛰龙告诉大家：“别小看这张纸，这纸上有一两百个马上就要羽化的小蜂呢。”

“啊！”大家仔细看着，一会儿，果然看见很多小蜂从纸上的小孔里爬出来了，有的爬上树叶，有的爬上嫩芽，在寻找着什么。

“出来了，蜂出来了！”人们欢呼起来，“看，蜂在找什么？”

蒲蛰龙又告诉大家：“小蜂在寻找荔蝽的卵。平腹小蜂专爱在荔蝽的卵里产卵，它的卵羽化成虫，就破坏荔蝽的卵，使它不能繁殖。我们就是用它来消灭荔蝽。”

开始有些人还不大相信。经过三次放蜂，荔蝽基本被消灭了。这年，荔枝获得大丰收，鲜红饱满的果实一挂挂、一串串，压弯枝头，满园满坡，远远看去，宛似一片红霞。摘荔枝的时候，贫下中农高兴得不得了，他们捧着串串丰满的红荔，又是笑，又是唱，有的还在树上高呼：“‘金背祠堂’这下被摧毁了！”有的还编起小调唱起来：“小小蜂，真有用，容易养，能除虫，保丰收，立大功！”

干部和社员请蒲蛰龙同志来分享红荔丰收的喜悦。他刚步入荔园，就被丰收的动人景象感动得说不出话来。大队书记拉着他的手说：“真是从来没见过的大丰收，从来没见过的啊！蒲教授，你真为我们除了大害啊，谢谢你啦！”接着，这个捧来一大堆

“桂味”，那个送来成箩的“糯米糍”。他再三辞谢，感动地说：“是我应该感谢大家。这次到东莞半年，使我增长了不少知识，走上了与工农相结合的道路，初步总结出一套适合农村实际，群众能够接受的科学实验方法，这都是县委、公社党委和干部群众教育、帮助、鼓励的结果。”

八年来，这种以虫治虫的方法，已在东莞县普遍推广，现在全县已有三十个蜂站，并推广到其他县。

“综合防治”显神通

水稻病虫害“综合防治”是蒲蛰龙同志的又一项防治害虫的新项目、新成果。

“综合防治”是指在消灭害虫时，综合使用几种方法，它不是单一地使用化学农药防治，而是结合使用生物防治，如以鸭、蜂、菌治虫及保护害虫的天敌等其他有效措施，互相协调，有效地把害虫控制在不能造成危害的程度。

早在几年前，随着农业学大寨运动的深入，蒲蛰龙同志就开始思考这个问题：农业以粮为纲，我们的科研和教学工作怎样才能更好地为粮食生产服务呢?

一九七二年冬，蒲蛰龙和几位教师，来到广东四会县大沙公社进行调查。这里是四会县的主要粮库之一，一眼望去，到处是大片稻田。但自从一九六六年水稻产量超《纲要》后，由于长期、单纯、大量地施用化学农药，使害虫产生了抗药性，稻飞虱连年为害，严重影响生产。一九七二年早造三化螟大量发生，公社党委全力以赴，虽然施用了七万五千多公斤农药，开支达到六万七千多元，但效果仍然不大，人畜也不安全，造成了减产。干部社员心里多焦急啊！他们迫切要求改变这种单一的化学防治方法，找到一个消灭病虫害的新途径，保证尽快提高粮食产量，为国家多做贡献。

社员的迫切要求，促使蒲蛰龙同志认真考虑运用“综合防治”的方法。但用“综合防治”方法来解决大面积水稻病虫害的问题，这在世界上还未得到很好验证。外国没有解决的问题，我们敢不敢搞？能不能搞好？当他想到搞科研就要勇于攻关的时候，便和教研室的同志商量，终于作出了这样的回答：“我们是社会主义国家的科学工作者，解决水稻病虫害，尽快提高粮食产量，这是我们应尽的责任，我们就是要敢于啃这块骨头！有党的领导，有人民公社的优越条件，一定能解决这个世界上还没有很好解决的难题！”这感情，多么真挚！这气魄，多么豪迈！

一九七三年春，在学校党委、生物系党总支和大沙公社党委的大力支持下，蒲蛰龙和古德祥、陈晓雯等教师在这个公社安二大队马村生产队搞起了“以菌治虫”“以蜂治虫”，菌蜂结合，对水稻螟虫等四类主要害虫进行综合防治的试验，探索有效防治害虫的新途径。

什么叫“以菌治虫”？开始，这个公社的干部、社员不明白。蒲蛰龙就在全公社三级干部会和公社及大队的科技人员会议上反复进行宣传解释，使大家明白“以菌治虫”是用一些病菌经过人工繁殖，施放到稻田里，使一些害虫感染患病而死的一种治虫方法。

在蒲蛰龙同志指导下，中山大学昆虫微生物组几个教师与公社、大队的科技组反复进行了试验。五月的一天上午，听说要搞试验了，大家都来观看。只见一块稻田里，禾苗正绿，但稻纵卷叶虫等却在恣虐。科技人员将一种白色的东西喷洒在禾苗上。社员睁大眼睛看，半晌，害虫依然如故。

社员不解地问："你们施放的是什么农药，为什么施放半天，虫子也不死?"

科技人员笑了："啊，这不是农药。我们今天试验的叫'杀螟杆菌'，它专治稻纵卷叶虫和螟虫。蒲先生讲了，它不像剧毒农药，虫子接触到就死，而是让虫子得病后一两天才死的。大家如果不信，请过两天再来看看。"

"那……它不会使人、使牛也得病而死吗?"社员又问。

"不会，它比剧毒农药好，对人畜无害，对农作物也无害，而且成本低，生产简便……"技术员和教师把蒲蛰龙的讲课内容，结合群众提出的疑问，对大家作出了详细的解释。

两天后，社员又来到这里，果然发现很多病死的卷叶虫等。社员高兴地说：“这样的防治方法多好呀!”晚造马村生产队在全部三百亩水稻田上展开试验。

秋天，水稻成熟季节，人们来到三百亩试验田，只见稻秆粗壮，谷粒饱满，一穗穗在阳光照耀下，金灿灿的。收割完毕，支书告诉大家：“试验田平均亩产比一九七二年同期增产约30%，农药开支下降一半多，初步达到增产增收的目的。”社员听到这个喜讯可乐了。

在公社党委和大队党支部领导下，一九七四年早造，他们又从一个生产队发展为十二个生产队连片一千五百亩，进而整个大队的六千亩搞“综合防治”示范。这一年早造，他们在搞“以菌治虫”的同时，又搞“以鸭治虫”，两种试验并进。

在蒲蛰龙的指导下，于一个晴朗的上午，中大几个教师和安二大队农科组技术员赶着一群鸭子来到田头。田埂上站满了人，有人在议论，有人在询问：“今天又要试验什么呢?”技术员没有立刻回答，只是把鸭赶下稻田里。鸭群一下水田，便钻进稻丛，有的在水里寻找着什么，有的在稻叶上吞食着什么，狼吞虎咽，有时欢快地“呷呷”叫几声，拍拍翅膀，好不热闹。

半小时后，捉起一只鸭子，古德祥等剖开它的肚子。啊，大家惊讶了，一只鸭半小时竟吃了五十八条害虫。

一个小时后，第二只鸭子又剖开了，这只鸭子吃了一百三十九条虫。

两个小时过去了，解剖的第三只鸭子吃

了二百一十三条虫。人们一边看着从鸭肚里剖出来的各种虫子，一边用惊异、赞叹的眼光望望教师与科技人员。欢声笑语，在田头回荡。

事后，蒲蛰龙告诉大家："鸭是害虫的一大天敌，它是杂食性的动物，既食虫，又除草，还可以松土。它不仅能吃掉部分三化螟、卷叶虫、粘虫等的幼虫和成虫，还可以吃掉当前还不能用病原微生物和人工利用天敌来对付的稻蝗、飞虱等害虫。你们这里过去不是也养鸭子吗？这不光是为了发展副业生产，也可用来除虫，有的老社员就有用鸭子除虫的经验。后来因为化学农药多了，田野受了污染，影响鸭子生长，这几年集体养鸭就不断减少，到一九七二年有的队甚至没有养鸭，结果害虫猖獗，造成严重危害。我们搞'综合防治'，少用化学农药，尽量使用田野生态系统，有利于害虫天敌的生存和发展，充分发挥这些天敌歼灭害虫的积极作用，就可以有效地减少害虫发生面积，确保大面积水稻正常生长。你们看，这个瓶子里装的就是在安二大队进行试验时解剖的鸭子，从鸭肚里剖出来的各种虫子，有三四百条啊！”人们都吃惊地注视着蒲蛰龙手里拿着的一个装满虫子的瓶子。接着蒲蛰龙又指着一张大图表，详细说明鸭子除虫的效果。

蒲蛰龙紧接着说：“大家想想，要是我们每个生产队年年早造都坚持每亩田平均养一至三只鸭，分区、分段、分批放鸭食虫，作为本地区的‘灭虫队’，哪里有虫就赶到那里放，那该多好啊！”

大家听着，不断地点头。

这时，蒲蛰龙又讲：“这不是我的发明，是广大农民在长期生产实践中总结出来的经验。我只不过从原理上加以说明和分析。”

这年安二大队养鸭三万四千只，收到了以鸭治虫，以副促农的良好效果。

公社党委及时推广了安二大队的“养鸭除虫”经验，从一九七四年起，全公社每年养鸭二十万只以上，每亩养鸭一至三只，收到了良好的效果。

这些成绩，不仅引起各兄弟省、县、公社的注意，纷纷到大沙参观学习，而且引起了外国同行的兴趣，一些外国代表团来广东参观，也要到大沙一行。一九七五年夏天和一九七七年九月，美国害虫防治考察团和英国皇家学会害虫生物防治考察团先后来到大沙公社，对这里的综合防治进行全面考察，给予了高度的评价。当外国朋友参观“养鸭除虫”现场时，兴趣特别浓，他们抢拍鸭子吃虫的镜头，抢录鸭子吃虫的声音。英国的卫一博士高兴地说："我是搞昆虫应用的，到过二十多个国家，我认为水稻害虫生物防治的研究和应用最好的国家是你们。"他又说，"像这样有计划有组织地集体放鸭除虫，让鸭子听人指挥，在你们这里才能办到，也只有你们的教授才能这样和农民一起研究出这个好办法。西方国家讲'综合防治'讲得很多，做得很少，而你们的蒲教授和那么多科技人员却做了很多实际工作，是我们学习的榜样！"

安二大队六千亩水稻田"综合防治"示范的实践证明，蒲蛰龙等已经探索到了一个消灭病虫害的新途径。大沙公社党委非常重视，不断加强对"综合防治"的领导与检查总结，专门成立了由公社麦副书记任组长的"综合防治领导小组"，并请蒲蛰龙参加这个领导小组，一起讨论规划。一九七五年，全公社六万亩水稻田都推广采用“综合防治”方法，使水稻病虫害大大减少，获得丰收。一九七七年十二月初，四会县委在大沙公社召开了“综合防治”经验交流会，来自全县各公社的三百多名干部和科技人员听取了大沙公社综合防治的经验，听蒲蛰龙同志讲了有关“综合防治”的基本知识，并亲眼看到了这里害虫确实显著减少，三化螟、稻飞虱、粘虫都没有造成危害，蓟马、卷叶虫只在部分稻田发生，化学农药总用量比综合防治前减少了 84.79%，每亩农药开支从以前的二元多下降到不足二角钱，成本大大降低，全年总产量比历史最高水平超过一百六十七万斤，为社会主义革命和建设做出了新贡献，大家对搞“综合防治”的劲头更大了。县委决定从一九七八年早造起，在全县 40% 的水稻田推广大沙的经验，开展水稻病虫害的“综合防治”。

几年来，蒲蛰龙来到大沙公社的次数谁也数不清，讲课的次数没人说得清。在大沙公社的十几个大队，哪里没有蒲教授的足迹？在广阔的公社土地上，洒下了蒲教授多少辛劳的汗水。就拿公社微生物试验厂的兴办来说吧，从无到有，从小到大，从土到洋，都和蒲蛰龙有紧密关系。

今天，每当农民群众来大沙公社微生物试验厂领取各种菌苗的时候，看着巨型的高炉、台台供气机，看到一包包厂里生产的杀螟杆菌、白僵菌、井岗霉菌和紫云英根瘤菌等产品，都感到十分欢快和激动。

人们不会忘记：四年前，这里还是一片野坡山林。人们忘不了：蒲蛰龙同志为了建厂产菌，找图纸，找材料，废寝忘餐；为工人上课、传技术，不怕累，详尽讲解，百问不烦……

又是一个星期天的上午，蒲蛰龙来到了试验厂。他和干部、工人打过招呼，便卷起衣袖，蹲下身子，对着既湿又黏的黑色原料向工人们讲知识，传技能。以后，他又来到微生物化验室。室内摆满了各种各样的化验用品，放着几台较大的恒温箱，还设有几间无菌室哩。蒲蛰龙通过显微镜，检查了杆菌的体型，看到正常地染上紫红色的杆菌，他微微地笑了。当他走进无菌室的时候，忽然发现一只苍蝇在飞，便立即用双手追打起来，几个科技人员连忙劝阻："蒲先生，你年纪大了，不要太劳累了，我们来。"蒲蛰龙却仍然追打不止，直到拍死了这个苍蝇。走出无菌室，他平静而又庄重地对大家说："我们决不能把细菌带进无菌室，这是成功试验杆菌的保证，如果细菌占了优势，我们生产的杆菌就会失败。”工人们在使用高倍显微镜的时候，蒲蛰龙又教他们一个简便的使用方法。一直搞到晚上十点多钟，他才愉快地离开试验厂。

在蒲蛰龙同志的指导下，大沙公社的农业科技队伍已茁壮成长起来。一九七二年只有十八个人，一九七七年已达一千七百多人。干部社员感动地称赞蒲蛰龙说：“真不简单啊！大学教授、专家，这么关心生产，这样热心帮助我们。那么多学问，却没有一点架子，确实少见，确实难得。”公社麦副书记不止一次地对蒲蛰龙说：“老蒲，你这个除虫专家，为我们社员，为我们公社，真是绞尽脑汁，又育人才，又增粮食啊！”蒲蛰龙连连摇头说：“不，我为农业生产贡献太少了，为社员做得太少了，是党，是广大农民兄弟教育我把昆虫学变成真正有用的科学。我要永远走与工农相结合的道路，这只不过是刚刚迈开了第一步。”

向新的目标冲锋

“要扫除一切害人虫，全无敌。”毛主席的光辉诗句，一直激励着蒲蛰龙不懈地战斗。即使是在“四人帮”横行的时候，帽子满天飞，棍子遍地打，他仍然坚持搞科研，根本不理“四人帮”的胡说八道。他坦然地说：“我们是按照毛主席的革命路线去做的，是走理论与实际相结合的道路，为广大工农群众服务，没有私心，我们不怕！”特别是看到各级党委都那么支持，广大农民那么拥护，就更坚定不移地进行本门学科的研究，从不间断。

几十年来，他不断努力，刻苦研究，严谨治学，通过反复实践，把经验总结上升到理论，编写了十万字的科学普及读物《害虫的生物防治》。打倒“四人帮”后，这本书已由科学出版社出版。现在，他主编的另一本三十万字的科学论著《害虫生物防治的原理和方法》修改稿，也已寄给科学出版社。

用病毒来防治害虫，是蒲蛰龙研究的又一新课题。他说：“这个新课题是世界上近十多年来才开始重视的。我一定要做出成绩，为我国的害虫生物防治这一科学技术增添新内容、新武器，建立我国自己的生物学理论，为实现四个现代化服务。”

他发现近几年广东各地的松林，先后出现了大量的马尾松毛虫死亡的现象。这些害虫为什么会大量死亡呢？为了找出答案，他翻山越岭，把虫尸采集回来，放在光学显微镜下检查，发现这些毛虫是感染了一种体积非常小的病毒致死的。为了进一步研究出这种病毒的类型，他不顾眼睛和腰部的病痛，埋头苦干，反复钻研，运用高速离心机把松毛虫的病毒分离出来，做了上百个标本，并拿到电子显微镜下观察，拍了上百张照片，终于弄清了马尾松毛虫病毒是核型和质型多角体病毒，为进一步利用这种病毒防治我国森林的大害虫——马尾松毛虫提供了理论依据。

去年初夏，他和青年教师又在广州蔬菜区发现了害虫——菜青虫的颗粒体病毒。蒲蛰龙经过反复考察，了解了这种病毒具有感染力强、害虫感染病毒后死亡快、死亡率高等特点。这些，都为我国害虫生物防治增添了新的内容，开辟了病毒治虫的新途径。

深夜了，蒲蛰龙同志还未休息。他又一次抬头望望党和国家领导人接见出席全国自然科学工作规划会议全体代表的大幅照片，想到党和国家对科学工作者的殷切期望，想到在党的教育帮助下，一个普通的科技人员成了三届、四届、五届全国人大代表，心情更不平静，他喃喃自语："我应该更加珍惜自己的晚年，加快科研步伐，为国家培养更多的人才，力争早日完成科学规划会议提出的本学科的宏伟目标，早日实现毛主席提出的，周总理制定的四个现代化的宏伟蓝图。"

（原载《广州文艺》1978 年第 2 期，与裘汉康老师合写）

烨烨师光耀学林

——深切缅怀恩师吴宏聪教授

最近，我拜读了由花城出版社出版的《烨烨师光——吴宏聪教授纪念文集》，字里行间，闪现着人间真情，紧扣我的心扉。恩师吴宏聪先生（1918—2011）虽然离开我们一年多了，但往事仍历历在目。

1977 年，我成为中山大学中文系一名学生。在一次全系的大会上，中文系主任吴宏聪教授发表了热情洋溢的讲话。他身材魁梧，温文尔雅，风度翩翩，在人群中显得特别出众。他的讲话从教育发展到教育改革，从孙中山革命活动到中山大学的历史，从学生集体生活到具体学习安排，娓娓道来，生动精彩。他声音洪亮，挥动的双手富于激情，讲话旁征博引，知识渊博，同学们多次报以热烈的掌声，给我留下了深刻的印象。散会后，我在走廊里遇到了先生。他关心地问我：来自哪里？到学校来生活是否习惯？此刻，我感觉到先生是那么和蔼、那么亲切，使我这位来自农村的学生感受到特别的温暖。

过了一段时间，一次偶然的机会，我在中文系教学楼，又遇见先生。他仿佛对我有特别深刻的印象，向我点头微笑，还与我亲切交谈，了解我的学习情况，勉励我努力学好功课。其中，令我记忆最深刻的是，先生把古训“书山有路勤为径，学海无涯苦作舟”赠予我，鼓励我下苦功夫把功课学好。这次偶遇，对我学业的进步影响很大。一直到参加工作后，我还体味着恩师的亲切关怀。

我到揭阳工作后，有一次回到广州，与吴锦润老师一起专程拜访了先生。其时先生虽已 80 多岁高龄，但依然精神矍铄、思维清晰、谈吐自如。我们在他家中详谈了近一个小时。他深情地回忆了 1938 年他还在读高中时，组织抗日宣传队深入到揭阳普宁一带鼓动民众抗日的真实情况，以及新中国成

立后曾多次率队到揭阳开展工作的情形。他还询问一些当地的人和事，了解揭阳普宁的发展情况。同时，先生十分关心我的工作，勉励我、教育我当好一名“地方官”，叮嘱我牢记“为人民服务”的宗旨，多办实事、多做好事。这些话，时时刻刻提醒我做好本职工作，直至今天仍在我耳边萦绕。

回忆起这些往事，细读着纪念文章，真是百感交集。《文集》是由黄天骥、金钦俊、王家声、邓国伟、吴锦润五位老师征集编纂的，收录了先生的同事、学生及亲友的文章共70多篇，还附录了先生的自传文章。《文集》写法平实，内容感人，生动地记录了先生生前的许多真实故事，具有重要的历史价值。先生树立了一代师范，烨烨师光照耀学林成片。他那爱国奉献、勤奋开拓、宽容豁达的精神，值得我们学习、继承和发扬。

先生一生热爱教育事业，忠于教育事业，“俯首甘为孺子牛”。60 多年来，他始终坚持奋斗在教育最前线，鞠躬尽瘁，死而后已。《文集》随处可见先生与教育、与中山大学中文系结下的不解之缘。1946 年西南联大解散，先生即跟随王力教授来到中大任教，解放后一直留在中大，在中山大学中文系勤奋开拓 50 多年，领导中文系 20 多年，为中山大学中文系的发展作出了不懈努力。正如陈平原教授所言，“先生的主要贡献在长期执掌中山大学中文系，与中大中文系的命运息息相关”。先生常笑言：“当系主任就是为全系师生服务。”他身体力行，团结和带领中文系同仁，活跃于国内相关领域的研究前沿，取得累累硕果；先生本人也一直致力于现代文学的研究，是研究鲁迅、丘逢甲的专家。先生爱生如爱子，不论是以近六十的年纪冒雨骑车到黄伟宗老师家也好，还是那些写给邓国伟老师的信，又或是“时年近九十，健步登五楼”回赠花篮，赠送学生《沈从文全集》，先生都以他的实际行动和发自内心的真诚、大爱，无私地赠予身边的人。先生“爱家人，爱亲友，爱学生，爱学校，爱祖国，这种爱出自真情，发自至性，浓烈芬芳，感人肺腑”。

先生一生为人真诚、宽容、豁达，无愧于人师之楷模。“海纳百川，有容乃大”，是先生做学问、待人处世一贯坚持的原则，展现了先生的文人气度与胸怀，是如此高尚、珍贵。在《巍巍师魂　学子人师》一文中，金钦俊教授回忆，“现任北大中文系主任的陈平原在校时有一篇文章中的某些观点吴老并不同意，但又觉得它自成一说，斐然可观，便将其推荐给《中山大学研究生学刊》

发表，极大地增添了陈平原学术探讨的勇气”。先生待人至真至诚，袒露心灵，朗朗笑声中体现达观，风趣语言中透着犀利。黄天骥教授与先生的“生死之交”、金钦俊教授与先生的“君子之交”、张德昌教授等与先生的“忘年之交”，更是情深意重。

先生一生坚持理想信仰、服务国家民族大义。“诸葛一生唯谨慎，吕端大事不糊涂”。《文集》充分反映了先生与新中国同呼吸、共命运，经历各种风雨，在不同时期的一些轶事、趣事，看似轻描淡写，实则风云变幻，于无声处听惊雷。从先生《自传》《八十自传》及其他回忆文章中，可以看到，先生虽不幸生于国家民族风雨飘摇之际，屡经坎坷，饱受磨难，却屡屡以国家、民族大义为重，百折不坠其青云志，历经困境而不迷失方向。特别是在国家民族危难时刻，挺身而出，慷慨前行，探索追求国家民族光明之路。在国家改革开放、民族复兴大潮中，先生“在市场经济大潮裹挟下，不走火入魔，不出现自我定位不当的失误”，而是率领众同仁迎头赶上，抢抓机遇，实践探索，为我辈留下了宝贵财富。

今天，我们要继承先生的遗志，发扬先生的精神，就要按照习近平总书记提出的“中国梦”的目标要求，把握时代脉搏，进一步坚定理想信念，弘扬中华民族优秀传统，围绕“三个定位、两个率先”的部署，踏踏实实干好每一件事、每一项工作，为实现伟大的“中国梦”做出新的贡献。

（原载《南方日报》2013 年 6 月 2 日）

跋

1972 年，我高中毕业回乡务农。利用工余的时间，我喜欢写点新闻报道稿，也学习一点文艺创作。有些习作在报刊发表，对我来说，是很大的鼓励。

1977 年，我成为中山大学中文系一名学生。大学的学习生活，是紧张充实的。在完成功课之后，我也努力练习写点文章，尤其喜欢写点文艺评论、随笔等。

1980 年大学毕业后，我被分配到政府机关工作。这时的我，也还想练练笔。但由于行政工作任务繁重，我难以继续练笔了。

后来，提起当年这些习作，有同学建议

我汇集出版一本小集子。而我觉得，这主要是一些历史记忆，包括后来写的，充其量也只能是“雏学”而已。

这里我要说的是，老师和同学们对我的学习给予了很多支持，尤其是裘汉康老师，给予我具体的指导，还与我合写了一些文章；黄天骥老师、吴锦润老师和陈承旗、丘克军、周山丹、陈美华、古伟中、刘正莲、黄少平、陆翔、朱伦、杜东方等同学也给予我许多帮助。广东省作家协会主席蒋述卓教授在百忙之中审阅了本集子的清样，并欣然作序。广州美术学院刘曼莹老师、李喻军教授为本集子插图。在此，一并表示诚挚的谢意。

唐　豪

2014 年 2 月于广州